徳間文庫

大江戸釣客伝 下

夢枕　獏

徳間書店

目次

「何羨録」に見える江戸湾の釣場図

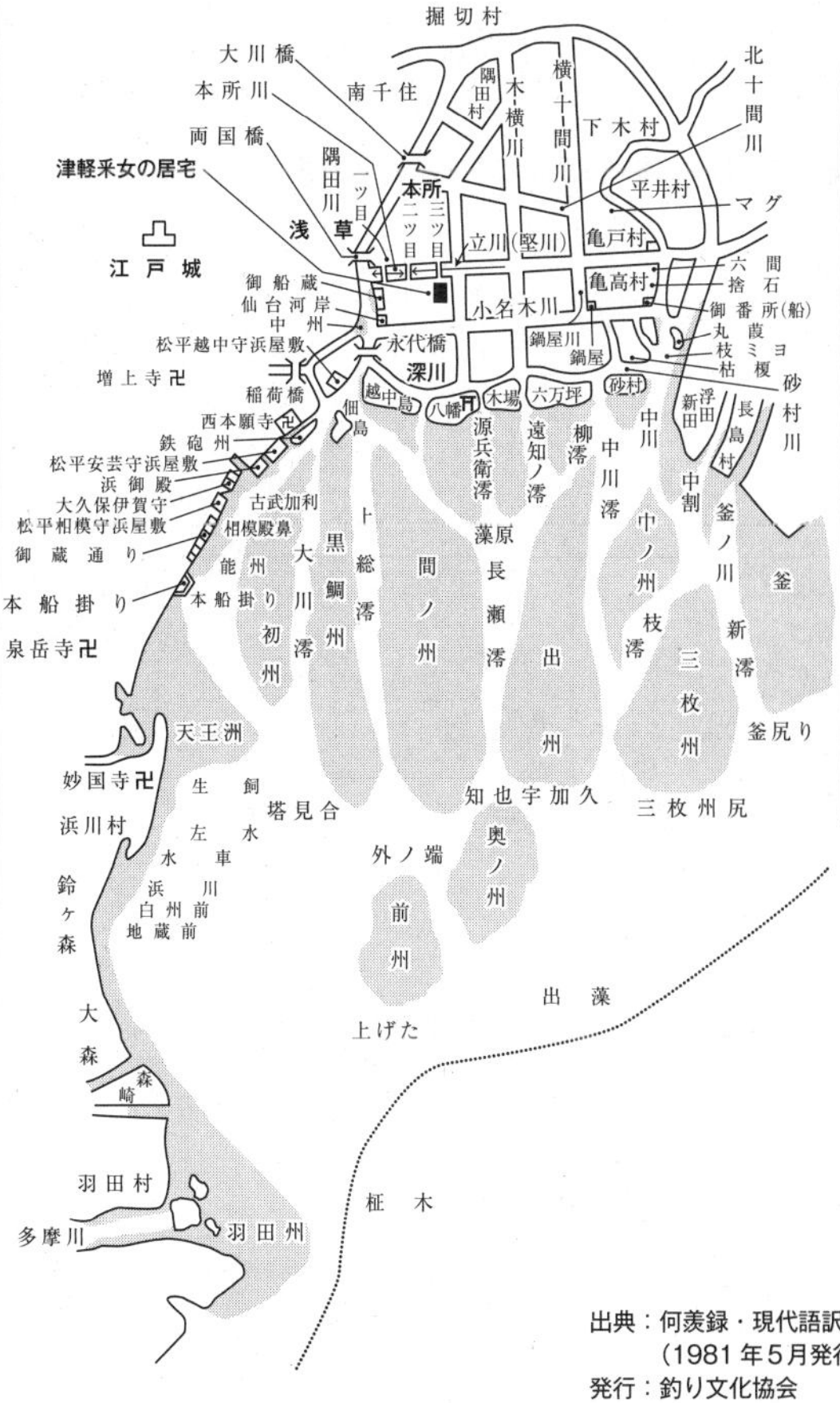

出典：何羨録・現代語訳と解題
（1981年5月発行）
発行：釣り文化協会

巻の十一　釣《つり》秘伝《ひでん》百箇條《ひゃっかじょう》

一

　さっきから、多賀朝湖《たがちょうこ》が、にやにやしながら酒を口に運んでいる。

　舟は、ゆったりと羽根《はね》太沖《だおき》に浮かんで、波に揺られている。

　西に、雪を被《かぶ》った富士が見えている。

　右手に杯《さかずき》を持ち、左手で舟縁《ふなべり》から海に垂らした糸を握《にぎ》っている。

　その左手が、くいっ、と上に持ち上がった。

「ほれ、またきやがったぜえ、其角《きかく》よう」

　合わせを入れた左手を上に持ち上げ、右手に持った杯から酒をいそいで乾《ほ》して、杯を懐《ふところ》に突っ込んだ。空《あ》いた右手で糸をたぐりながら、糸巻きに糸を巻きつけてゆく。

あがってきたのは、一尺に近い鰖残魚《キス》であった。

「どうでえ、其角、立派なもんじゃあねえか――」

宝井《たからい》其角は、聴こえぬふりをして、顔を横へ向けている。

「見ろよ、こいつを――」

右手で、鰖残魚の口から二寸ほどの糸をつまみ、朝湖が其角の鼻先に、それをぶら下げてみせた。

鰖残魚が宙で躍ったひょうしに、鉤《はり》からはずれ、海に落ちた。

「あちゃあ」

朝湖は、なさけない声をあげ、

「其角、おめえがさっさと見ねえから、大《でけ》え鰖残魚が逃げちまったじゃねえか」

恨みがましい声でそう言った。

「逃げたって、何のことです?」

其角が言った。

「今見たろう。大《でけ》え鰖残魚だよう」

「はて――」

「野郎、とぼけやがって。今、おめえの鼻先にぶら下げてやったろう。あの鰖残魚のことだよう」

「小さな沙魚《ハゼ》だったんじゃあないんですか」

「ばかやろう、今時、ここで沙魚なんてめったに釣れやしねえのは知ってるだろう。鰡残魚だよう。一尺越えの大物だア」

「そんな大きさにゃあ、見えませんでしたぜ。尺に、二寸は足らねえ」

「見てたじゃあねえか――」

朝湖の言葉に、其角が言葉につまった。

「見えたのは、あにきの性格のよくねえところばっかりだ」

「おや、河豚《ふぐ》になりやアがったな」

朝湖が、おおげさに自分の頬《ほお》をふくらませた。

「まあまあ、お仲のよろしいことで――」

艫先《へさき》で煙管《キセル》をふかしていた船頭の仁兵衛《じんべえ》が笑った。

「それにしても、今日は、あにきのところばっかりで、こっちにゃ誰も御機嫌《ごきげん》をうかがいに来ちゃあくれねえ――」

其角が言った通りだった。

朝からはじめて、もう昼になろうというのに、釣れるのは朝湖ばかりで、其角にはなかなか魚信《アタリ》がない。

「こりゃあ、場所なんじゃあねえのかなあ」

其角がそう言い出したのは、半刻《はんとき》ほど前であった。

艫《とも》に近い方で其角が釣り、舳先に近い方で朝湖が釣っていた。それで、朝湖の釣っている方が、場所がいいのではないかと其角は言うのである。

「ばか。海ん中にいる魚にとっちゃあ、舳先も艫もあるもんけえ。腕の差だ、腕の——」

「しかし、場所で、運、不運があるってえことだってあるんじゃあねえんですかい」

「なら其角よう、場所を代るかい」

そう言って、半刻前に舟の中で、其角と朝湖は場所を入れかえたのである。其角が舳先に近い場所に座り、朝湖が艫に座った。しかし、それでも、掛かるのは朝湖の鉤であり、其角の鉤には掛からない。其角がふたつ釣る間に、朝湖がよっつは釣りあげるということが続いた。

釣りあげるたびに、

「おっと、またきやがったぜ。見ねえ、其角よ、掌《て》をいっぱいに伸ばしても二寸足らねえ」

「おっと、まただ」

朝湖がはしゃぐので、其角は朝湖が見えぬように、あちらを向くようにして、糸を垂らしていたのである。

そもそも、この日に朝湖を釣りに誘ったのは、其角の方であった。

釣り船禁止令が出てはいるが、皆が皆、正直に釣りに行かなくなったわけではない。人数は減ったが、釣りに行く者がいなくなったのではなかった。回数こそは減ったものの、朝湖も其角も、時おり釣りに出ている。

そもそも、舟に乗って沖へ出てしまえば、もう、その舟の上で何をやっているのか、陸《おか》からはわからない。

これを取りしまる役人だって、生類憐《しょうるいあわれ》みの令が悪法であるとは百も承知していることであった。わざわざ海にまで役人が出て、一艘《いっそう》ずつ舟を見て回っているわけではない。

あからさまに釣りをやっていることがわかるようなことさえしなければ、見て見ぬふりをしてくれるのである。しかし、いったん釣りをやっているのを見つかれば、その罰《ばつ》は島送りか死罪である。釣りをするにも生命《いのち》がけであった。

その罪は船頭も被ることになるから、仁兵衛も油断はしていない。

船には、重しとなる石と、風呂敷《ふろしき》が積んである。いよいよとなった時は、釣り道具を風呂敷に包んで重しを付け、海に沈めるためである。釣りをしていたという証拠さえ残さなければ、いくらでもとぼけられるからである。

「しかし、朝湖のあにき。今日は、あたしの知らねえところで、何かしてやしませんか」

其角は言った。

「何か？」

「これまでとは、何か違う、別のことをやってるんじゃあありませんか」

「違う別のことってのは何だ」

「だから、何かですよ。妙な、新しい手でも考えついたんじゃあありませんか――」

言われた朝湖、左手に握った糸を腹のあたりに隠すようにして、其角に背を向けようとした。

「ほら、やっぱり」

其角は、朝湖の肩に手をかけて、自分の方へ振り向かせようとした。

朝湖は、こちらへ向きなおるかわりに、

「餌《エサ》だって同じ川蚯蚓《カワミミズ》だし、釣り方だって、手釣りだ。かわったこたあ、しちゃあいねえよ――」

そう言った。

「そんなら見せてくれたっていいじゃあねえですか――」

「そうか、見てえか」

「あたしをからかって、もう充分楽しんだんだ。もとはとったんでしょう。初《はな》っから、見てえと言わしたかったんだ。見てえ――見てえから見せておくんなさいよ、朝湖の旦那――」

其角が、多少芝居がかった口調《くちょう》で最後の言葉をしめると、

「なら、見せねえわけにゃいくめえ」

糸を握っていた左手を開き、朝湖は、それまで握っていたのより少し上のあたりの糸を指でつまんだ。左手の中から出てきたのは錘《おもり》であった。三匁《もんめ》くらいと見えるナス形の錘で、いつも其角や朝湖が使用しているものと、重さも大きさも形も変化はない。

ただひとつ違っていたのは――

「そりゃあ、何でえ!?」

其角は思わず声をあげていた。

朝湖の指先から糸でぶら下ったその錘は、昼の陽《ひ》を受けて、きらきらと光っていた

のである。

「俺《おい》らの工夫《くふう》だよう」

朝湖は言った。

「唐の錫《すず》の七度焼きを磨いて光らせたんだ」

「ちょ、ちょっと――」

其角が、その仕掛けを手に取って、しげしげと見た。

「ただ、こいつを使うだけじゃあ、いけねえ。いったん底へつけてから持ちあげ、砂を叩《たた》くようにこうやって少し躍らせてやる――そうすると、この錘が水中で光る。で、魚の方がたまらなくなって、がばりと食いついてくるんだよう」

「こいつはたまげた。いつもは、あたしに仕掛けを作らせたり、切れるまでおんなじ仕掛けをいつまでも使っていた兄《あに》さんが、いったいどういう風の吹きまわしで――」

「どういう風も何も、俺らの腕さ」

「光る錘を使うのがいいというのは、前にも耳にしたこたああったが、そりゃあ魚が驚くから、使わねえ方がいいってえ話もあった。光りゃあ、魚だって、好奇心があるから寄ってくる。仲間の魚が餌に食いついている姿だと勘違いして寄ってくるんだって言う人間もいた。しかし、実際のところは、てえした違いはねえんだろうと思ってたんだが――」

「違いは、あったろう」

「しかし、兄さん、同じ錘を使ってたって、釣れるやつと釣れねえやつが出てくるのが、釣りの不思議なとこだ。今日の差は、そのまんまその錘の差だとは限らねえ――」

其角が、手の中の錘を見やりながら、

「限らねえがしかし、これだけ差がつくってえのはどうもこいつは――」

「この錘の威力を認めるしかなかろうよ」

「認めとく、今日のところは認めとくが、しかし、あにき、こいつはあにきの工夫じゃあなかろう」

「何を言ってやがる、俺らの工夫に決まってるだろう」

「いやいや、あたしは、あにきのことならあにき以上によく知ってらあ。大人しく白状したが身のためだ」

其角に言われ、

「すっかりばれてるってえわけかい――」

朝湖は懐に手を突っ込み、

「ほら、これだア」

出してきたのは、さきほど入れた空《から》になった杯であった。

「からかわねえで下せえよ、あにき。さっきから、懐のあたりで、ちらちら見え隠れしてるものが見えてるんだ」

「はは、見えてやがったか。そんなら仕方がねえ」

朝湖は、笑いながら杯を置いて、懐からそれを取り出した。それは、油紙の包みであった。

「何でえ、そりゃあ」

「いいから開けてみな」

朝湖は、それを其角の膝《ひざ》の上に乗せた。

其角は、糸巻きを置いて、その包みを手に取り、開いた。

中から出てきたのは、一冊の本であった。

「なんでえ、こりゃあ」

見れば、その表紙に『釣秘伝百箇條《つりひでんひゃっかじょう》』とある。

開くと、竿《さお》の絵が眼に入ってきた。

漢竹《からたけ》と名が付いていて、

〝これ上の竿なり〟

と書かれている。

何本か竿の絵が入っており、それぞれ竹の名称と、長さ、そしてどの魚の釣りにもちいるかが書かれている。

さらに、それぞれの竿の作り方が、その後に記されていた。モロウキス、片ウキスの作り方。モロウキスを作るには六月がよいということも書かれている。

〝漢竹は上の竿なれど、竿によきもの少なし。自らこれを作るべし〟

と、ある。

土の肥えた大竹藪《おおたけやぶ》を捜し、その近くに四尺余りの馬糞《ばふん》を積みあげる。しばらくしてそこへ出てきた竹の子のうち、一、二本を残して残りを全部切ってしまう。この竹の子が、葉を出し、よれ葉が開く頃にこれを切るのがよいと書かれている。

他に糸やテグス、仕掛けについても魚種ごとに図入りで記され、魚信があってから合わせまでの間《ま》のとり方などが、これも魚種ごとに記されているのである。

錘の部の項目のところに、眼をやって、

「ははあ、こいつか――」

其角はつぶやいた。

其角が開いたところに、

〝釣れぬ時はこれを磨き光らせて用うべし。ただし、手にて誘うこと忘るべからず。そのままに沈めおくは悪《あ》しき技なり〟

とあった。

「あにき、こりゃあ――」

「釣りの指南書だな」

朝湖は言った。

「もう少し先へ行くと、鉤を使わねえ釣りのことも出ているぜえ」

其角が、本をめくっていくと、

「そこだ、そこに数珠子《じゅずこ》掛けってえのがあるだろう」

朝湖が言った。

その通りだった。

川蚯蚓《カワミミズ》を、鉤を使わずに沙魚に食わせ、釣り上げる術のことが、これも図入りで描かれていた。

「こりゃあ、本当ですかね」

「試してみりゃあ、わかるだろうよ」

「なるほど、この本に指南されて、光る錘を使ったってえわけですね」

「そういうことだ」

朝湖と其角が話をしていると、

「それを、ちょいとあたしにも拝見させてもらえますか」

興味を覚えたらしい、伍大力仁兵衛《ごだいりきのじんべえ》が声をかけてきた。

其角が『釣秘伝百箇條』を渡すと、仁兵衛はその本にざっと眼を通し、

「これはたいへんなものでござりますね」

感心したように言った。

「あたしの知っていることについちゃあその通りで、知らねえことまであれこれ書かれている——てこたあ、そのあたしの知らねえところのことも、でまかせってえことじゃなさそうで——」

「だろうなア」

「投竿翁《とうかんおう》とございますが——」

その『釣秘伝百箇條』を書いたと思われる人間の名が、巻末に記されているのを見て、仁兵衛が言った。

「投竿翁!?」

其角が、その名をつぶやいた。

「知っているか、仁兵衛？」

朝湖が問う。

「いいえ」

「これだけのことを書く人間だ。伍大力仁兵衛《ごだいりきのじんべえ》がまるで知らねえというこたあねえだろう」

「本名でもわかれば、いいのですが。もしかしたら、どこかでお会いしているかもしれませんが、この投竿翁という名前からでは、何とも――」

「ふうん」

「鉄砲洲《てっぽうず》の長太夫《ちょうだゆう》さんなら、何か御存知かもしれません」

「機会があったら、訊《たず》ねてみるか――」

「それより、あにき、いったいどこでこんなものを手に入れたんです？」

其角が訊ねてきた。

見れば、文字は版木《はんぎ》に彫《ほ》られたものではなく、いずれも手書きである。これが、写したものでなければ、この世に一冊しかない本ということになる。

「神田《かんだ》の、古ものをあつかう大黒堂《だいこくどう》だよ。七日前に顔を出したら、こんなものを親父から見せられたんだ。おれがへぼの釣りをやるのを知っていて、前から見せようと待っていたんだとさ」

「で、それを買っちまった？」

「そうだ」

「で、どういういきさつで、それが大黒堂に？」

「女だ」

「女？」

「大黒堂の話じゃあ、女が、これを売りに来たんだとさ」

「どういう女なんです」

「それが、わからねえ」

「わからねえ？」

「ああいう商売《しょうべえ》をやっていて、古ものを売りに来た人間に、どこの人間で、どういういきさつでこれを売りにきたのかなど、根ほり葉ほり訊くもんじゃあねえよ」

「そりゃあそうだ」

「売りに来たのは、三十か三十に近い大年増《おおどしま》の女だよ。死んだ父親の書いたもんで、家にあってもしょうがない、かといって捨てるわけにもいかねえ。幾らでもいいからひきとってもらいてえってんで、ひきとったらしいがね——」

「ひきとり値の倍はふっかけられたんじゃあねえのかい」

「どうだかね。まあ、十倍ふっかけられてたんだって、おらあ驚かねえがな」

朝湖が言った時、

「きてますよ」

仁兵衛が言った。

仁兵衛の視線の先を見ると、沈めっ放しにしておいた其角の糸が引かれていた。糸巻きが、ころりころりと舟底をまわりながら、糸を吐き出していた。

舟の揺れが、喰いついてきた魚に、自然に合わせを入れていたらしい。

「おおっと、こりゃあいけねえ」

其角が、慌《あわ》てて糸を摑《つか》むと、手に伝わってくるのは、ぐいぐいと魚が糸を引く感触であった。

摑んでいた糸を緩めると、糸がするすると手から出てゆく。

「大物だ」

其角が、糸を摑み、緩め、放し、また引いて、魚とやりとりをする。

やがて、海からあがってきたのは、二尺に余る大きさの鱸《スズキ》であった。

「これで、今まで負けてた分をみんなとりもどさせてもらいましたよ」

其角が言った。

「今日は鱠残魚《キス》ねらいだ。どんなにでかかろうが、外道《げどう》は外道だ――」

顔をしかめて、朝潮が言った。

「外道で結構。外道が釣れて、こんなに嬉しいこたありません」

其角の笑い声と、仁兵衛の笑う声が重なって、ぶつぶつ言う朝湖の声は、もうふたりには届かなかった。

二

それから、ひと月後――

元禄《げんろく》七年（一六九四）の四月。

深川で眠っていた其角を、たたき起こしたのは、朝湖であった。

勝手に上り込んできた朝湖は、

「おい、いつまで寝てるんだ、起きやがれ」

そう言って、其角の布団《ふとん》をはいだ。

向こうにいった布団を、伸ばした手で引っぱって、

「夢が行っちまう、夢が行っちまう、もう少し寝かせてくれ……」

頭からその布団の中に這《は》い込もうとした。

「ばか、てえへんなことがあったんだよう。起きろ」

「どれだけてえへんかは知らねえが、今はこっちの女の方が大事《でえじ》だ……」

女の夢を見ていたらしい。

一昨日、朝湖とは会ったばかりである。

その夜、其角と朝潮は、七歳になる九蔵《くぞう》を主賓《しゅひん》にして吉原《なか》へ繰り出している。

九蔵――後の二代目市川団十郎《いちかわだんじゅうろう》であり、紀伊国屋文左衛門《きのくにやぶんざえもん》もその場にいた。

九蔵に黒羽二重の三升《みます》紋の単物《ひとえもの》振袖を着せて、馴染《なじ》みの揚屋《あげや》の上座に座らせ、これを主人に見たてて皆で遊んだのである。

上座に座って、眼を白黒させている九蔵を肴《さかな》にして、其角、朝潮たちはもちろん、遊女たちもおおいに笑ってはしゃいだひと晩であった。


右の手を英一蝶《はなぶさいっちょう》（朝湖）にひかれ、左の手を晋《しん》其角にひかれて日本堤《づつみ》を行きし事、今に忘れず。

二世団十郎は、後に日記『老《おい》の楽《たのしみ》』にこう記している。

その時に酒を飲みすぎて、実はまだ、其角は頭が痛いのである。

この頃、其角は深酒をするようになっている。

「ばかやろう。新九郎《しんくろう》のやつが、釣りをやって捕まったんだよう」

新九郎というのは、ふたりの釣り仲間の観世《かんぜ》新九郎である。能の小鼓方筆頭《こつづみかたひっとう》であり、ふたりが、釣りの道に引き込んだ人物であった。

「何だって!?」

摑んでいた布団を放り投げるようにして、其角が起きあがった。

「いつだ」

「昨日だ。羽根太沖《はねだおき》に出ていて、その帰りに捕まりやがった」

羽根太沖と言えば、ひと月前、ふたりが仁兵衛の舟で釣りに出ていた場所である。

「なんだとう!?」

眼が覚めていた。

こういうことであった。

昨日、新九郎が、品川へ釣りに出たというのである。

禁を犯してのことであるから、お忍びである。船頭は、新九郎の以前からの馴染みの五兵衛《ごへえ》という男を使った。竿《さお》を出した場所は、羽根太沖である。

朝から一日遊んで、もどる途中、川口の鉄砲洲で、他の舟とぶつかってしまった。川口近くが、入船で混雑していたためである。そのぶつかった相手が悪かった。ぶつかった相手というのが、これが、また、たまたま近くに浮いていた御船奉行の舟であったというのである。

最初は、船頭どうしが、

「そちらがぶつけた」

「いや、そちらが先にあてた」

そう言いあっているうちに、どうも新九郎たちの態度に不審なものを感じて、奉行がこちらの舟に乗り移ってきた。

小さな舟であり、隠しようがなく、釣り道具も、釣った魚も見つけられてしまった。

それで、ふたりは、生類憐みの禁を破ったということで、今日で言えば、現行犯逮捕となってしまったのである。

『江戸真砂《まさご》六十帖』によれば、

新九郎ならびに船頭牢舎《ろうしゃ》して拝借地ならびに家財闕所《けっしょ》になり、伊豆の大島へ遠流《おんる》仰《おお》せ付けらるる。船頭も同罪なり。然《しか》しながら新九郎は死刑に当たるといへども、名人の家によつて御免《ごめん》遊《あそば》さるるよしにて、五年すぎて召し帰さるるとなり。

と、ある。

家財を取りあげられ、船頭も新九郎も、島流しにされてしまった。しかし、新九郎については、小鼓方筆頭であり、家柄もよかったことから、五年後に江戸にもどされたというのである。

が、これは後の話であり、まだ朝湖も其角も、新九郎が捕縛《ほばく》されて牢に入れられたということを知ったばかりである。

「どじ踏みやがって、新九郎め――」

朝湖が唸《うな》った。

「これかい」

其角は、右手で手刀を作り、それで自分の首の横を叩いた。

「そうなるかもしれねえ。島送りくれえですみゃあ、よしとしたところだろうぜ」

「どっちでもあしだよ、兄《あに》さん」

「たかが、釣りをやったくれえで、首を斬《き》るの斬らねえのってことが異常なんでえ」

「その通りだ」

「犬が籠《かご》に乗って、人間様よりいばってる。みんな、おかしいと思ってらあ。思ってねえのは、この世でたったひとり。江戸城の真ん中でふんぞり返《けえ》ってるお方だ」

「なんとかできねえのかなあ、兄《あに》さんよう」

「くそっ」

朝湖は、畳の上に胡座《あぐら》をかいて座り込んだ。

腕を組んで唸っている。

「其角よう」

「何だい、兄さん」

「おりゃあ、やってやるぜ」

「やる?」

「必ずだ。いつか、必ずやってやる」

「何をだい?」

「この世の真ん中で、エラそうにふんぞり返ってる奴の横っ面《つら》アひっぱたいて、あわアふかせてやるんだよう」

「抜けがけはいけねえぜ、あにき。そん時ゃあこの俺《おい》らもひと口乗っけてもらうぜ」

「あたりめえだ」

腕を組んだまま、朝湖は言った。

三

采女《うねめ》は、鬱々《うつうつ》としてすごしている。

釣りに行けぬことが、これほど苦しいとは思わなかった。

城勤めをしている間、一度も竿を握らなかった。その城勤めをやめて、ようやく釣りに出かけることができたのが、昨年の八月である。だが、行ったその途端《とたん》に、生類憐みの考えがいっそう強まって、いきなり釣り船禁止令が出た。

竿を握ったのは一度きりで、そのまま釣りに行っていないのである。

庭では、藤の花が盛りである。

障子《しょうじ》を開け放っているので、甘い藤の香りが、風で采女のところまで運ばれてくる。

もう、八ヵ月近くも釣りをしていない。

庭と、軒から見える青い空を見やっては、采女は溜《た》め息《いき》をついているのである。

「また、釣りのことを考えていらっしゃるのですか――」

伴太夫《ともだゆう》が声をかけてくる。

「うむ」

と、采女はうなずく。

畳の上に倒れ込んで、爪で全身を掻《か》き毟《むし》りたいほど釣りに行きたい。

「ならば、お忍びでいらっしゃればよいではありませんか」

伴太夫が言うのである。

「そうはいかぬ」

采女はそう言うしかない。

「何故《なぜ》です？」

「何故でもじゃ」

「おふれが出た後も、うまく隠れて、まだ釣りに行っている者は、数多くおります。沖へ出てしまえば、もう、海の上で何をしているかはわかりませぬ。お出かけになればよいではありませぬか――」

「しかし、伴太夫、おまえはわたしがゆかぬと思っているからこそ、そんなことを言っているのであろう。もしも、わたしが本気でゆくと答えたら、困るのはおまえではないのか――」

「はい」

澄ました顔で、伴太夫がうなずいた。

「どのような悪法であれ、法は法じゃ。それを、人それぞれの判断で勝手にしてよいということになったら、御政道がたちゆかなくなる」

「ごもっともにござります」

「しばらく前にも、観世新九郎《かんぜしんくろう》殿が、釣りをして捕えられたばかりではないか――」

「島送りとなったという噂《うわさ》です」

「島送り？　いずれじゃ」

「大島と聴いておりますが――」

「伊豆か……」

采女は、溜め息と共に言った。

観世新九郎と言えば、あの多賀朝湖《たがちょうこ》、宝井其角《たからいきかく》の釣り仲間であったはずだ。采女自身も、二度ほど釣り場で顔を合わせたことがある。

いかつい顔の朝湖にくらべ、端整《たんせい》な貌《かお》だちで、どちらかと言うなら線が細い。あれで、島でやってゆけるのであろうか。

島での生活がどのようなものか采女もはっきり知るわけではないが、小鼓を打つだけでは身は成り立たぬであろう。畑仕事や山仕事、魚も捕らねばならぬ。

しかし——

島ならば、釣りができよう。

島に住む者なら、誰でも漁師と同じだ。魚を捕らねば生きてゆけない。他の全てを失うかわりに、釣りを手に入れたことになる。

だが、そういう身の上で、釣りをしたからといって、どれだけ楽しいかどうか。

采女がそう考えているところへ、あたふたとやってきたのは、十郎兵衛《じゅうろうべえ》であった。

「どうした」

采女が問えば、

「ただいま、鉄砲洲の長太夫《ちょうだゆう》がやってきて、急ぎ、お目にかかりたいと申しておりますが——」

十郎兵衛が言った。

「長太夫が?」

「お耳に入れたきことがあるとかで。わたしが代りに聴いておきましょうか」

「かまわぬ。これへ通せ——」

長太夫が通されたのは、藤棚のある庭であった。

濡《ぬ》れ縁《えん》に座して、采女は長太夫と対面した。

「久しぶりじゃ、長太夫――」

釣りが禁止となってからも、長太夫のところへは、時おり顔を出している。

「もう、春鰡残魚《ハルギス》の頃であろう」

「今年の沙魚《ハゼ》はどうじゃ」

季節ごとの魚の様子をたずねては、釣りの話をするためである。

長太夫から釣りの話を聴いて、それを書き記したりもしている。色々な仕掛けを見せてもらい、それを図にしたりもしている。

「釣りができぬなら、釣りの書を書こうかよ……」

伴太夫、十郎兵衛にはそう言ってある。

阿久沢弥太夫《あくさわやだゆう》から聴かされた、投竿翁《とうかんおう》のことが、なかなか頭から離れなかったのである。

投竿翁が書こうとしていた釣り指南書のことが気になっている。その本はもう書きあがったのであろうか。書きあがったとするなら、どのような本になったのであろうか。もしも、自分が書くのであれば、どう書くか。季節季節に釣れる魚のことや、その魚の釣り方、釣り場、竿のことや仕掛けのことも書かねばならぬであろう。

もし自分で書くのなら、自分が釣りの現場で体験した様々のことも書いておきたい。

しかし、指南書であれば、あまり個人の体験にかたよってしまっては、指南にならぬであろう。できるだけ、多くの人から意見や体験を聴き、これはと思うものを書き記せばいいのではないか。

考えているうちに、

——いっそ、自分で書いてみればよいのではないか。

そう思うようになり、釣りについて思いつくことがある度《たび》に、あれこれ書き記すようになったのである。

長太夫は、まさに釣りの生き字引であった。

自分でわからぬことがあれば、

「それは、品川の権二郎《ごんじろう》が詳《くわ》しいでしょう」

「そのことなれば、芝の長介《ちょうすけ》にお訊《き》きなされませ」

誰に訊《たず》ねればよいかを教えてくれるのである。

〝釣りができぬのなら、今できるこれがわしの釣りじゃ〟

そういう想いもあって、今、采女は、ぽつりぽつりと、釣りに関するあれこれのことを書きとめているところであった。

そのよき案内人とも言うべき長太夫が、今、采女の前で、庭に座している。

「まだ、鰌残魚はあがっているか」

「はい」

長太夫が頭を下げる。

いつもは、鉄砲洲の小屋や、海の上で顔を合わせることが多いのだが、こうして会うのは、どうもいつもとは勝手が違うようだ。

妙なとまどいがある。

「今日は、何の用事じゃ」

「はい」

と、長太夫はまた頭を下げ、

「お耳に入れておきたきことがござりまして、次にお顔を合わせた時ではいつになるかわかりませぬ故《ゆえ》、御無礼かとは思いましたが、こうして足を運ばせていただきました……」

そう言った。

「耳に入れたきこととというのは？」

「実は、阿久沢様の言っておられた、投竿翁の釣り指南書のことにございます」

「何かわかったのか」

「はい。その指南書、実はすでに書きあがっておりまして、『釣秘伝百箇條』と題がつけられております」

「ほう。で、それは今どこにあるのじゃ」

采女は、前ににじり寄った。

「采女様も御存知の、多賀朝湖様がお持ちにございます」

「朝湖殿が!?」

「はい」

「どうやって、朝湖殿はそれを手に入れたのじゃ。投竿翁殿の居所がわかったのか」

「居所はまだ、わかってはおりません」

「では、朝湖殿は、どうやってその本を手に入れたのじゃ」

「神田の大黒堂という古ものをあつかうところで手に入れたということで――」

「ほう」

「実は、しばらく前に、伍大力仁兵衛《ごだいりきのじんべえ》がやってきて、投竿翁という人物について心あたりはないかと申しますので、昨年、阿久沢様、松本《まつもと》様たちと一緒のおり話題になった話をいたしました――」

話を終えて、何故、そのようなことを問うのかと訊ねたところ、

「その釣り指南書、実は多賀朝湖様がお持ちじゃ」

仁兵衛が、そう言って、今長太夫が語ったようなことを、話してくれたというのである。

「話というのは、それか」

「いえ、まだ、先がござります」

「先？」

「この話、紀伊国屋様が耳にして、これはおもしろいと申されまして――」

「おもしろい？」

「皆で、投竿翁を捜そうではないかとおっしゃられて――」

「ほう」

〝海の釣りができぬのなら、陸《おか》で釣ればよい。どの根、どの潮の中にいるのやらわからぬ投竿翁なる魚を、皆で釣りあげてみるというのはどうじゃ〟

このように、紀伊国屋が言ったというのである。

「できることなれば、ぜひ、采女様にも、この投竿翁探索の釣りに加わっていただき

たいと紀伊国屋様が申されまして、まずは、件《くだん》の『釣秘伝百箇條』を肴《さかな》に、一同集まって、この釣りの相談をしようとおっしゃっておられます」

そういうことか――

と、采女はうなずいた。

なるほど、紀伊国屋らしい。

「で、皆様方の御意向と、御都合をうかがってこいと、わたくしと仁兵衛が承りまして、こうしてここへ足を運んだというわけでございます」

いつも、趣向に走りすぎるきらいはあるが、なるほど、釣りができぬならば、そういうことで遊んでみるというのも、ひとつの手ではあるのかもしれない。

「その趣向、加われば、投竿翁の『釣秘伝百箇條』、見ることができるのか」

「それを肴にということでございますので――」

采女の決心は早かった。

「承知した」

采女は言った。

「その投竿翁殿の探索に、この采女も加わろうではないか――」

四

一同が集まったのは、それから十日後、〝はまの屋〟の二階であった。
顔ぶれは、次の通りであった。
まず、主催者である紀伊国屋文左衛門《きのくにやぶんざえもん》。
津軽《つがる》采女。
兼松《かねまつ》伴太夫。
阿久沢弥太夫。
松本理兵衛《りへえ》。
多賀朝湖。
宝井其角。
伍大力仁兵衛《ごだいりきのじんべえ》。
鉄砲洲の長太夫。
この九名が、顔をそろえたのである。
「本日は、わざわざのお運びにて、まことに恐縮至極《きょうしゅくしごく》にございます」

皆が揃ったところで、まず、文左衛門が挨拶《あいさつ》をした。

「お集まりいただいた皆様には、世に出ればそれぞれのお立場があり、身分もございまするが、本日の集まりは、ひとまずそれをお忘れいただきたく存じまして、お席は籤《くじ》で決めさせていただきました」

紀伊国屋の言った通り、采女がやってきた時、まず、札《ふだ》を引かされた。

その札に、鯛《たい》という字と鯛の絵が描かれていて、案内されて二階へあがると、座布団の用意があって、その前の畳の上に、魚の名前と絵の描かれた札が置いてあった。

「さき、采女様は鯛の札でありますれば、鯛のお席へどうぞ」

先に座についていた紀伊国屋が、采女の手にした札を見て、うながした。

見れば、そこは、三方を襖《ふすま》と、窓のある壁で囲まれており、床《とこ》の間《ま》のない部屋であった。

文左衛門の口上《こうじょう》が続いている。

「ああ、気にいらない、気にいらない」

ふいに、文左衛門が、声を高くした。

「人より獣《けもの》が大事、魚を釣ったら首が胴から離される。こんな時代はこれまであったためしがござりませぬ。なんという住みにくい世でござりましょうか——」

上を見ながらしゃべっていた紀伊国屋が、ふいに声を止め、顔をもどし、一同の顔を見回して、

「ね……」

と言った。

声をひそめ、

「今日は、何を言っても、かまいません。そのかわりに、今日、この場で、誰が何を言ったか、どんなことを言ったかは、胆《はら》ん中におさめて、絶対に他では言わぬこと。それができる方にだけ、お集まりいただきました――」

文左衛門は言った。

「ここでのことで、どなたかに御迷惑が及ぶようなことがあれば、この文左衛門、わたくしの身上《しんしょう》の全てを潰《つぶ》してでも、お守りいたします。かなわぬ時は、わたくしも同罪、お供させていただきますよ――」

囁《ささや》くような声で言った。

文左衛門の口上の後、朝湖が懐《ふところ》から取り出したのは、件《くだん》の『釣秘伝百箇條』であった。

「まず、これを見てもらいてえ」

膝先の畳の上に本を置いて、朝湖は、それを軽く前に押し出した。

「まずは、采女様、御覧になって下されませ」

文左衛門が、横から言いそえると、采女はそれへ手を伸ばした。

開くと、最初に「序」とあり、次のような書き出しで始められていた。


そもそも釣りは人の道にあらず、外道の道なり、常々思うところを記せば、その悪《わろ》きこと博打《ばくち》に勝《まさ》り、良きこと路傍の石にも劣りたり。粋人《すいじん》のするところのものにあらず、鬼狂《ものぐる》いの一種なり。この道に入りて、もどりたる者なし。博打なれば、金失《な》くなれば止《や》むところ、この道は、金失くとも竿を出すべし。人のする愚《おろ》かなもののうちにも最《さい》たり。

この道に生き、この道に死して悔いなし。

他に道なし。


強烈な言葉であった。

眼の玉をはたかれたような気がした。

序は、まだ続いていたが、しかし、細かく読んではいられない。ざっと眼を通せば、春から夏、夏から秋、秋から冬と、それぞれ、どこの釣り場でどういう魚が釣れるかが書いてある。さらに、次には、竿について、どのような釣りには、どのような竿がよいか、その竿の作り方から、手入れの方法までが記されている。

次が、鉤《はり》の部で、春鱠残魚にはどのような鉤がよいか、沙魚にはどういう仕掛けがよいかが記され、なんと、そこには、先日阿久沢弥太夫から聴かされた鉤を使わない沙魚釣り——数珠子《じゅずこ》掛けのことも書かれてあった。

場所に応じて、錘《おもり》をどう変化させたらよいか——表層、中層、底と、潮の流れの向きや速さが違うことがあり、一枚潮、二枚潮、三枚潮とある時は、より重い錘を用いる方がよいとある。錘を光らせた方がよい場合があるとも記されていて、ひとつの船で、何人かが並んで釣る場合は、同じ重さの錘を両方で使う方が、〝おまつり〟が少ないとも書かれてある。

最後に、

貞享《じょうきょう》元年十月

投竿翁これを記す

とあった。

読みたい。ざっとではなく、今すぐここで全部読みたいという心をおさえて、采女は、『釣秘伝百箇條』を、左隣りにいた阿久沢弥太夫にまわした。

弥太夫は、

「ううむ、むむう」

小さく唸《うな》るようにして、采女の倍くらいの時間をかけてそれを眺めてから、次の紀伊国屋文左衛門に『釣秘伝百箇條』をまわした。

「わたしは、すでに読んでおりますので――」

文左衛門は、そう言って、それをそのまま隣りの兼松伴太夫《かねまつともだゆう》に渡した。

ひと通り、『釣秘伝百箇條』が、一同の間をまわり終えた。

「いかがでございました、采女様――」

文左衛門が、声をかけてきた。

「このような書のあること、わたしは阿久沢殿からうかがっておりましたが、実際にこうして手にとってみれば、これはたいへんな労作。剣の道、弓の道、世には指南書の類《たぐい》が幾《いく》つもございますが、まさか、釣りの道でこのような指南書があるとは思ってもおりませんでした」

采女は、正直な感想をのべた。

「長太夫、仁兵衛、御両人はどのように御覧になられましたかな」

文左衛門が問うと、まず口を開いたのが長太夫であった。

「全てに眼を通したわけではなく、一部を読んだだけではございますが、潮の動きと釣れる魚の関係など、体験からわたしが理解していることと、そう大きな違いはございませぬ。でたらめに思いつきを書いたものではなかろうと存じます——」

「わたしも、同じことを考えました。この投竿翁なる人物は、ここに書かれている釣りは、皆、自分で試したものばかりでしょう」

これは、仁兵衛が言った。

「話だけは聴いておりますが、阿久沢様は、この数珠子掛けを、御自分の眼で、ごらんになられたとか」

朝湖が、弥太夫に訊《たず》ねれば、

「見た……」

そうつぶやいて、弥太夫は、投竿翁とのことを、あらためてそこで語った。

「そういたしますと、この中で、実際に投竿翁に会ったことがあるのは、長太夫さんと阿久沢様だけということですな」

文左衛門は、確認するように言った。

長太夫と阿久沢弥太夫がうなずいた。

長太夫は、以前、采女たちに語ったのと同様のことを、そこで語った。

時おり見かける、釣りの上手な老人――本名はわからない。十年前に、神田明神で、十八、九歳の娘と一緒に歩いているのを長太夫は見ている。

「俺らが、その『釣秘伝百箇條』を手に入れたのは、神田の大黒堂《だいこくどう》ってえ、古ものをあつかう店なんだけどね……」

朝湖がそのおりのことを語った。

「なら、兄《あに》さん。その本を大黒堂に持ち込んだ娘ってえのが、三十ほどの女だってえんなら、十年前《めえ》に神田明神で投竿翁と一緒にいた娘とおんなじ女じゃあないのかえ。十年前に十八、九なら、今年三十くれえで話の辻褄《つじつま》は合うじゃあねえか――」

其角《きかく》が、朝湖の言葉のとぎれるのを待って、口をはさんだ。

「確かにそうだ」

朝湖がうなずく。

「長太夫さん、あなたが、投竿翁の姿を神田明神で見たのが十年前というのなら、それは貞享元年ということではありませんか」

文左衛門が言った。

「そういうことになりましょう」

「それは、いったい何月のことで？」

「たしか、秋の――十月のことだったと思いますが――」

長太夫が言い終えぬうちに、

「ならば、その本が書きあがったか、書きあがらねえかってえ時のことだな」

松本理兵衛《まつもとりへえ》が言った。

「神田明神、神田の大黒堂、もしかしたら、神田のどこかに、投竿翁殿は住んでいるのかもしれません」

文左衛門が言った。

この間に、それぞれが思うところを口にして、ひとしきり、この『釣秘伝百箇條』の話となった。

「しかし、この中にもありましたが、一番よい竿は節の多いもの――というのは本当のことでござりましょうか……」

思い出したように、文左衛門が言った。

その視線は、長太夫と仁兵衛に向けられている。

「そこまでは、わたしも測りかねます」

「節のあるものは、だいたいにおいて重く、長い間あつかうには、多少使い勝手が悪かろうと思いますが」

そう言って、長太夫と仁兵衛は、互いに顔を見合わせた。

「阿久沢様、投竿翁自身が、どのような竿を使っていたかは、わかりますか——」

文左衛門は、実際に投竿翁の釣る姿を見た弥太夫に訊ねた。

「二間半《にけんはん》の丸《まる》。節の数が、ろくろくよりもひとつ多い三十七。野布袋竹《のほていだけ》を片ウキスにしたものであったと思います」

弥太夫が語っている最中に、

「何だってえ」

声をあげたのは、多賀朝湖である。

「なんでそれを早く言わねえ——いや、おっしゃっていただけなかったんです」

「何のことじゃ」

「その竿のことなら、あたしに覚えがあるんで——」

「覚え？」

「八年前《めえ》か、九年前《めえ》——九年前《めえ》だ。俺らとこの其角が、鉄砲洲《てっぽうず》の沖で釣りをしてる時に、土左衛門《どざえもん》をひとり、釣りあげたんで。髪《かみ》の白くなった爺《じい》さんで、その爺さんが握ってたのが、野布袋竹の片ウキス。丸。節の数がちょうど三十七。今耳にしたのとおんなじ竿だ。なあ、其角よう」

「確かに――」

「爺さんの握ったその竿の先にゃ、このくれえの……」

と、朝湖は、両手を一尺に余る幅《はば》に開いてみせた。

「……みごとな河鱠残魚《カワギス》が掛かっていやがったよ。しかも、その爺い、水ん中から、こう嗤《わら》って、俺らを見あげていやがった――」

その時のことを思い出したように、朝湖はぶるりと身体をふるわせて、

「ならば、この八年ほど、投竿翁の姿を見ていねえってことも、話の後先《あとさき》が合うってえもんだ」

唸った。

「阿久沢様――」

朝湖は、弥太夫に眼をやり、

「――投竿翁から見せられたその竿、ちょうど、この握りのあたりに、〝狂〟の文字が入っちゃあおりませんでしたか」

「わたしの記憶にはない。しかし、なかったとは言いきれぬが……」

「その竿、今、朝湖さんのお手元にございますか――」

紀伊国屋文左衛門が言った。

「ありやす。今度、近々にそれをお見せいたしましょう」

朝湖は、まだ興奮のさめぬ顔でそう言った。

腕を組んで、そのやりとりを聴いていた采女は、

「そうですか、その御老人、竿を握ったまま嗤っていたのですか……」

誰にともなくつぶやいた。

「ええ。おそらく、でけえ河鱠残魚が掛かってやりとりしてる時に、心の臓が停まっちまったんでしょう」

朝湖が言った。

「そうですか」

腕を組み、采女はそう言いながら、二度、三度うなずいてみせた。

「何か――」

「いえ。そういう死に方というのは、それほど悪い一生の終り方ではないなとふと思いまして――」

采女は、九年前、朝湖が言ったのと同じことを口にした。

「いやいや、確かに――」

文左衛門は、うなずいた。

それをきっかけに、

「紀伊国屋殿――」

采女は、正面から文左衛門を見た。

「何でしょう」

「本日は、何を言っても、口にしてもかまわぬと、最初に言われましたな」

「はい」

「ひとつ、うかがいたきことがございます」

「なんなりと」

「あるいは、これからわたしの訊ねることは、お答えしにくいことかとも思います。その場合には、もちろんお答えいただかなくとも結構でございます。ただ、ここで、ぜひ、うかがうだけはうかがっておきたいのです」

「どうぞ、おっしゃって下さい」

「何度か、お見かけしたふみの屋さんのことです――」

のですが――」

「はい。わたくしは、ふみの屋様の御正体について、さるお方であろうと考えている
「正体？」

「あの方、実は正体を隠しておられるのではありませんか――」

「おう、ふみの屋様の――」


「――――」

文左衛門は、沈黙して、采女の顔をただ見つめた。

その唇が、微笑している。

「はい。あなたの御想像通りのお方でござります」

微笑した唇が、そう言った。

それを眺めていた朝湖が、横から口を出してきた。

「おやおや、何です。この場で、ふたりだけで通ずる話をしちゃあいけねえですぜ。

ふみの屋さんが、どうかしましたか――」

「いや、すみません。こればっかりは、ふみの屋さんとのお約束でござりますので、
わたくしの口からは言えません」

「なら、眼でいいですぜ。眼で、この朝湖に言って下せえ。眼で――」

「はい」

と、紀伊国屋文左衛門は、朝湖を見た。

朝湖が、その眼を覗き込む。

「ふみの屋さんが、あやしいたあ、前から俺らも思ってたんだ。なんかわけありの方だろうとね。紀伊国屋の旦那が、ふみの屋さんの扱いだけは、何かこう妙に丁寧《ていねい》だったしね。今の、津軽《つがる》様の口ぶりじゃあ、相当な御身分だろうと思いましたよ」

文左衛門と、眼を見合わせながら、朝湖が心に浮かんだことを口にしてゆく。

「津軽様より、御身分が上といやあ、そりゃあてえしたもんでしょうよ。そう言えば、ふみの屋さん、いつぞやは、天下の将軍様のことを、〝あの男〟などと言っておりましたよ――」

口は軽いが、朝湖の顔が、だんだんと真剣になってゆく。

「ふみの屋さん。ふみと言やあ、〝ふ〟がみっつ。いや、ふたつの〝み〟かな。ふたつの〝み〟といやあ、〝み〟がふたつで……」

しゃべっていた朝湖の声が小さくなり、止まった。

そして――

「あっ」

と大きな声をあげた。

「どうしたんです。兄さん。何かわかったんですかい」

「わかったも何も、こりゃあ、俺らが想像したのが大当りなら――」

「どなたなんです」

すかさず其角が問う。

「いや、言えねえ、言えねえ。まさか、こいつが大当りなら、言えねえ」

「また、兄さんの意地悪ですか」

「いや、意地悪なんかじゃねえ。こいつは、本当の本当に口にできねえ名前《なめえ》だ。紀伊国屋の旦那が約束してるってえわけなら、そりゃあ、言えねえ」

「お心づかい、ありがとう存じます」

紀伊国屋文左衛門が、丁寧に頭を下げた。

「兄さん、おもしろくない」

「其角よう、てめえで考えろ。俺らがわかったんだ。てめえだってわかるだろう」

「ちえっ」

其角は舌打ちをして、

「では、紀伊国屋の旦那、わたしにも、眼で教《おせ》えていただけますか」

文左衛門に眼を向けた。

「はい」

と向きなおった文左衛門を見、

「〝み〟がふたつの御方《おんかた》なれば、〝み〟と〝み〟で……」

其角がつぶやいていると――

「それは、もしや――」

阿久沢弥太夫が、声をあげた。

弥太夫も松本理兵衛も、ふみの屋には、鉤勝負のおりに会っており、この場での会話が、どういうものであるかわかっている。

「おう」

と松本理兵衛も声をあげた。

「あら、みんながわかっちまって、わからないのは、わたしだけですか。長太夫さん、仁兵衛さんや他の方々はどうなんです。だって〝みとみ〟と言ったって、みとみで……」

其角の声が、朝湖の時と同じように、だんだん小さくなって、

「あっ」

これもまた、大きな声をあげた。

「まさか」

「そのまさかが大当りだってえことだろう」

朝湖が言った。

朝湖が大当りだと言った後、座は鎮《しず》まり、一瞬の沈黙が訪れた。

その沈黙を破ったのは、やはり朝湖であった。

「しかし、紀伊国屋の旦那《だんな》、いってえどういうわけで、ふみの屋さんと、ああいうふうにというか、こういうふうになっちまったんです？」

「十年ほども前でございましたか。ふみの屋さんに蜜柑《みかん》を献上させていただいたことがございました」

「蜜柑？」

「はい」

「しかし、蜜柑なら、ふみの屋さんにとっちゃあ、とりたてて珍らしいしろものじゃあねえ。他に何か、あったんじゃあねえんですかい」

「いや、蜜柑ですよ。蜜柑を献上した御縁《ごえん》で、かようなおつきあいをさせていただくことになったのです」

「旦那、蜜柑ですぜ」

「ええ。ただの蜜柑ですが、わたしは、夏の盛りに、それを献上させていただいたのです――」

「夏!?」

「冬の間に、氷室《ひむろ》に入れて、ずっと氷づけにしていたものを献上させていただきました。ついでに、蜜柑の汁を搾《しぼ》って濾《こ》して、汁だけを氷で冷やして飲んでいただきました。それを、ふみの屋さんがたいそうお気に入られて、御縁をいただくことになりました。それで、おもしろそうな遊びの時には、お声を掛けさせていただいている次第で――」

「夏に、蜜柑の汁を……」

「はい」

紀伊国屋は、くったくのない笑みを浮かべた。

「そうでしたか」

と、うなずいたのは、この話のきっかけを作った采女《うねめ》であった。

ふみの屋、すなわち天下の副将軍である水戸光圀《みとみつくに》であるということが、これで確認できたことになる。

「なら、どうなんでえ、ふみの屋さんにお願《ねげ》えして、このくだらねえ法をなんとかしちゃあもらえねえのかい」

朝湖が言った。

「ふみの屋さんといえども、それは、そう簡単なことではありません。将軍様が決めた御政道、そうたやすくは壊《こわ》せません」

紀伊国屋文左衛門は、そこで、困ったように頭を掻《か》いたのであった。

巻の十二　夢は枯れ野を

一

松尾芭蕉《まつおばしょう》が、その生涯で最後の旅に出たのは、五十一歳の時である。
旅に出て、その旅の途上で死んだ。
江戸の深川を発《た》ったのは、元禄《げんろく》七年（一六九四）五月十一日のことである。

　　麦の穂をたよりにつかむ別《わかれ》かな

これが、そのおり芭蕉がよんだ留別吟《りゅうべつぎん》である。
何人かの弟子と、親しかった者たちが、川崎までともに行って、芭蕉を見送った。

この中に、其角《きかく》も朝湖《ちょうこ》も混ざっている。

そのうち、曾良《そら》は、箱根まで芭蕉を送っている。その先の芭蕉の旅に同行したのは、寿貞《じゅてい》の子である次郎兵衛《じろべえ》という少年であった。

芭蕉は、そのまま江戸に帰ることなく、同じ年の十月十二日、大坂でその生涯を終えた。


それより半年前の五月十二日——

其角は朝湖と、〝いろ葉〟の二階で飲んでいる。

外はまだ明るい。

灯《とも》を点すのは、もうしばらく先になるはずの時間帯であったが、すでに、そこそこの酒が入っていた。

相手をしているのは、芸者の駒吉《こまきち》と稲八《いなはち》である。

ふたりは、昨日、芭蕉の出立《しゅったつ》を、川崎で見送っている。

其角は、芭蕉門下の重鎮《じゅうちん》であり、朝湖はその其角の俳諧《はいかい》の弟子であった。其角は其角で、その弟子の朝湖から絵を学んでいて、絵の上では朝湖が其角の師ということになる。師匠と弟子という関係では、いってこいの間柄《あいだがら》であり、つまり対等なのだが、朝湖の方が其角よりも九歳齢《とし》上である。

だから、其角が朝湖を呼ぶ時は、

〝兄《あに》き〟

であったり、

〝兄《あに》さん〟

であったりする。

其角は、すでに江戸の俳諧師としては名が通っており、俳諧の道だけで食っていけるだけの地位にある。

俳諧だけで食べてゆける人数はといえば、この当時、芭蕉を含めて、江戸で三人いたかどうかというくらいであるから、芭蕉が江戸から去ったら、江戸俳壇の第一人者といってもいい。

「まだ、どっからも知らせはねえのかい、其角よう」

朝湖が、駒吉の酌《しゃく》を受けながら言った。

「それが、兄さん、めぼしいのはどうもねえようで」

其角は、腕を組みながら、首を左右に振った。

〝知らせ〟

というのは、誰かが、投竿翁《とうかんおう》を知っているという知らせのことだ。

皆で集まって、投竿翁釣りの話をしてから、すでにひと月余りが過ぎている。

「手配書を配って、もう、ひと月になろうってのに、どっからもまっとうな連絡がねえのかよう――」

朝湖が、杯《さかずき》を口に運んで、酒をぐびりと飲んだ。

「どうも、そのようで――」

手配書というのは、朝湖が絵を描き、其角が文案を考えた人相書きのことだ。

皆で、投竿翁を捜す――つまり釣りあげようという話がまとまった時――

「なら、人相書きを描いて、配ろうじゃあねえか」

朝湖が言い出したのである。

「おいらと其角は、あの土左衛門《どざえもん》が本人なら、投竿翁の顔を見てるんだ。長太夫《ちょうだゆう》も見ているし、阿久沢《あくさわ》様もごらんになってるわけだ。ならば、それぞれ話をうかがいながら、そこそこの絵《もの》をこしらえまさあ」

そう言って、朝湖は、そこへ墨と筆を用意させ、ひとりの老人の絵を描きあげてしまった。その後、自分の名〝朝湖〟の二文字を書きそえる。

朝湖が描いたのは、七十歳にいくらか余ろうかという年齢の、白髪の老人で、その口元になんとも不思議な泣き笑いのような笑みが浮いている。

「あの、海中に見た嗤《わら》い顔がどうにも頭から離れねえが、こいつがおいらの投竿翁だ――」

朝湖の絵を見、

「確かに、そのような顔であった」

「そんなもので――」

阿久沢弥太夫《やだゆう》と長太夫が、ともにうなずいた。

なかなかのできである。

それへ、其角が文を付けた。

この者投竿翁なり。釣道を極めんとして、ろくろくよりひとつ多い三十七節、野布袋竹《のぼていだけ》の二間《けん》半の丸、片ウキスの竿《さお》を杖《つえ》としてこの道をゆく。竿の手尻近く〝狂〟の字を彫りて、なぐさめとす。投竿翁を知りたる者あらば、紀伊国屋《きのくにや》まで来られたし。よき話なれば、金十両にてこれを買うものなり。

その後へ、

朝顔や彼《か》をきくまでと待つ身かな
其角

と記した。

「ならば——」

と再び筆を取った朝湖が、今描いた絵にさらさらと描き足したのは、竿と松と海であった。

やや顔の大きな投竿翁が、松の下に座して、海へ竿を出している図となった。

「なるほど——」

紀伊国屋がうなずく。

朝顔の咲く頃までには、〝彼《これ》を——つまりよい知らせを聴きたいという意であり、〝彼《か》を〟朝顔の顔とをかけている。さらには〝彼を聴く〟というのは〝香を聴く〟の意でもあり、なかなか凝《こ》った句である。

それに、朝湖が〝松〟を描いて、〝待つ身〟に〝松の実〟の意をもたせたかけ言葉にしてしまったのである。

「これはよい傾向にございます」

紀伊国屋は、その絵と文を見やって、楽しそうに眼を細めた。

「これを彫らせて、百か二百も刷ってそこらにばらまきゃあ、何かいい話が舞い込んでくるかもしれねえ」

朝湖は、鼻頭《はながしら》を、右手の親指でひっかけ、斜め上にこすりあげた。

「その費用、全部、このわたしがもちましょう」

紀伊国屋は言った。

さっそく、彫り師にこれを彫らせ、刷らせて、三日後には、二百枚の投竿翁の〝手配書〟が刷りあがってしまったのである。

これを、神田明神《みょうじん》の周囲、吉原《よしわら》、紀伊国屋に出入りする者たちの間に配った。

最初の十日は評判を呼び、わざわざその手配書を、金を持って買いに来る者まで現われた。

なにしろ、多賀《たが》朝湖が描き、宝井《たからい》其角が文を付けたものである。

投竿翁を知っていると、紀伊国屋までやってきた者も何人かはいたが、人違《ひとちが》いであったり、金目あての者だったりで、なかなか大当りにならなかった。

其角の下男であり弟子である是吉《これきち》が、神田明神周辺に手配書を配り、今も、あちこちを訊《き》きまわっているのだが、いっこうに、よい話に出あわない。

そのうち、ひと月もたつ頃には、人の口にも上らなくなり、金目あてでやってくる者さえいなくなってしまった。

そういう時に、其角と朝湖は、旅に出る芭蕉を見送ったのである。

「このまんまになっちまうんじゃあ、おもしろくねえぜえ、其角よう」

空いた杯に、新しい酒を受けながら、朝湖が言う。

「派手に騒いだ分、このまんま収まっちまったんじゃあ、しゃれにならないねえ、兄さん」

「ニセモノ騒ぎでもいいから、どっかで、気のきいたことでも起こらねえことにゃあ、幕が下ろせねえ」

「それを言うなら、雑魚《ざこ》でもいいから掛からねえことにゃ、竿をたためねえってえことでしょう」

「そういうこった」

ふたりで、そういうやりとりをしているところへ、襖《ふすま》の向こうから声が掛かったのである。

「ただ今、其角様を訪ねて、是吉と申される方が、下までいらしておりますが――」

酒を運んでいた女が、襖の向こうからそう言った。

「なら、おいらの身内だ。ここまで通してやってくんな」

其角が言うと、ほどなくして、是吉が入ってきた。

「見つかりました」

と、是吉は言った。

「見つかった？　何がでえ――」

其角が問うと、

「投竿翁様の、御本名を御存知の方です」

「何!?　それで、投竿翁の名前はなんと言うんでえ？」

「わかりません」

「なんだと？」

「いらしたのは、その方の命《めい》を受けた方で、実際には、まだ、投竿翁様の名前をうかがったわけではないのです」

朝湖が、大人しくふたりの会話を聴いていたのは、そこまでだった。

「投竿翁のことを知ってるってえそいつは、いってえどこの誰なんでえ――」

朝湖の声が思わず大きくなった。

「浅草の岡田《おかだ》屋さんです」

「岡田屋と言やあ、浅草の——」

「呉服問屋で店《たな》売りもやっているあの岡田屋さんで——」

「わかってらあ、その岡田屋が、どう投竿翁を知っているってんだ」

「今日の昼に、別件で紀伊国屋さんに顔を出した岡田屋の番頭が、あの手配書のことを知っていて、あの投竿翁なら、もしかしたらうちにいた人間じゃあないかって言ったらしいんで——」

「なんだとう!?」

朝湖は尻を浮かせていた。

二

「なまこの新造《しんぞう》なら、たしかにうちにおりました」

岡田屋九兵衛《きゅうべえ》がそう言ったのは、翌日の昼のことである。

場所は、岡田屋の屋敷裏手にある離れであった。

岡田屋と向きあって座っているのは、朝湖、其角、そして紀伊国屋文左衛門《ぶんざえもん》である。

畳で八畳、網代《あじろ》天井の小体《こてい》な造りの離れだが、調度は金がかかっていそうなものばかりが並んでいる。

壁に障子の丸窓があって、その前に設けられた棚には、漆《うるし》に螺鈿《らでん》の文箱《ふばこ》や、朝鮮の青磁の壺が置かれている。

岡田屋九兵衛の膝先《ひざさき》の畳の上に、件《くだん》の手配書が開かれていた。

それを見つめながら、九兵衛が言う。

「たしかに、こんな顔つきで、めったに笑うようなことはありませんでしたが、笑う時は、こんな口元になりました」

「釣りが、好きだったんでございますね」

紀伊国屋文左衛門が言うと、

「ええ、そりゃあ、もう――」

九兵衛は、大きくうなずいた。

「釣りに、もの狂いしてたようなところがございましたな」

「その、なまこの新造、今、どこに？」

「わかりません。十年ほど前でしたか。出かけたきり、ふっつりともどらなくて、それきりで……」

ぽつり、ぽつりと、九兵衛は新造のことを語りはじめた。

「最初に、新造がうちへ来たのは、十五、六年も前だったでしょうか。たしか、新造が、六十七、八だった頃だと思いますよ……」

三

その朝、番頭の重松《しげまつ》が、

「店の前に行き倒れがおります」

と、九兵衛に告げにきた。

二月で、まだ風が寒い頃だった。

男だ。

てっきり死人かと思ったら、まだ息がある。

そのままにして死なれたら、縁起《えんぎ》が悪いし、外聞もよくない。ともかく、屋敷の中に運び入れて介抱したら、事情がわかった。

三日ほど、何も腹に入れておらず、身体《からだ》が弱っていたところへ風邪をひいて熱が出た。どうにも動けなくなって倒れていたところを助けられたということらしい。

暖かいところへ寝かせて、食いものをやったら、二日で元気になった。

名は、新造といった。男は、その名のみを名告《なの》った。どこの誰であるかは、一切口にしなかった。

出てゆく時に、

「何か、礼をさせてもらいてえ」

と、新造は言った。

礼などはいらないと言ったのだが、

「それじゃあ、こちらの気がすまねえ。金も何もねえが、腕はある。見れば、屋敷の鬼門の方角にある祠《ほこら》が壊れてる。あれを修理《しゅり》させて欲しい」

新造は、頭を下げた。

たしかに、新造の言う場所に、お稲荷《いなり》さんの祠がある。小さな祠だが、昔から、商売繁盛《はんじょう》を祈ってきた稲荷だ。その、屋根と柱の一部が腐っている。

「ならばやってもらおう」

と、新造に簡単な大工道具をわたした。

そうしたら、半日もかからずに、きれいに新造がそれを修理してしまった。

見れば、技術《わざ》は確かで、みごとなできばえである。

そう言えば、屋敷や店のあちこちに、修理《なお》しておきたいところがある。棚が欲しいところもある。

あれはできるか、これはできるかと問えば、

「できる」

という。

それを頼んでいるうちに、

「ここは、こういう材料があれば、もっときれいになります」

「ここは、こうしたらどうでしょう」

言われるままに、そこそこの材料を買い与えてやらせてみれば、これもていねいでみごとな仕事ぶりで、結局、帰ろうとしたその日から、七日も新造は屋敷に居ついてしまった。

見ていれば、あとのかたづけや、道具のあつかいもきちんとしており、頼んでもいない庭の掃除や庭樹の手入れなども、やっている。

八日目、出てゆく時に、

「駄賃《だちん》をやろう」

と、幾《いく》らか待たせようとしたが、

「いらない」

という。

「これは、喰わせていただいたお礼で、金をいただくようなことではございません」

その返事が気にいって、

「ならどうだね、うちで働かないかね。これだけの所帯を持っていると、商《あきな》いだけじゃない、色々細かい仕事もある。どの仕事というわけじゃあないが、やってみないか。給金もわずかだが出してやれる」

そう声をかけると、

「自分のような、身をもち崩した人間にゃ、もったいねえお言葉で――」

と、新造は言った。

「不思議なことを言う。わたしは、商いを四十年やってきて、そこそこ人を見る眼は養ってきたつもりだ。見れば、おまえさんは、大工としての確かな腕もあるし、よく気がつく。仕事もていねいだ。立ち入ったことを訊くようだが、どうして身をもち崩したりしたのだね」

「あたしにゃ、たったひとつ、道楽があります。他に道楽は何もねえが、その道楽で、身をもち崩しましたんで――」

「酒かい、女かい、それとも博打《ばくち》かい」

九兵衛は訊ねた。

もしも、そのどれかなら、本人が言うくらいだから、よほど入れ込んでいるのだろう。そうなら、ひきとめるのはやめて、帰ってもらおうと、九兵衛は考えた。

「そうじゃああありやせん。酒や女や博打より、もっと性《たち》の悪いもので――」

「では、何なのだね」

興味を覚えて、九兵衛は言った。

「釣りです」

「釣り?」

「外道《げどう》の道楽で――」

新造は言った。

「どうして釣りが外道の道楽なのだね」

それは、九兵衛の素直な疑問であった。

釣りをする人間は、何人か知っているし、九兵衛自身も何度か釣りをしたことがある。いずれもその時は、それなりに楽しい思いをしたが、それが、身をもち崩すほどのものとは思えなかった。

釣りをする知人の何人かも、釣りが原因で、家が不和になったり、商いがうまくいかなくなったりという様子はない。

九兵衛の周囲で、一番釣りに行く者でも、せいぜいが、鱠残魚《キス》の時期に一度竿を出し、沙魚《ハゼ》の頃にも一度は足を運んで、他は、つきあいで年に一度か二度、船をしたて出かけて行くくらいで、合わせても釣りに出るのは年に四度か五度ほどであろうか。

釣りが身を滅ぼすようなものとは思えない。

九兵衛は、それを言った。

「お言葉でござりますが、そりゃあ道楽というものたあ違いやす」

「ほう……」

「桜が咲いたら花見に行く、深川八幡《はちまん》の祭りの時期に深川へ出かけて行く、どこその紅葉《もみじ》が綺麗だからって足を運ぶ——そういうことと同じで……」

なるほど——

釣りをやる者が皆釣り道楽というものではないということは、よくわかる。

酒を飲む者が皆、酒で身をもち崩すわけではない。誰でも、女郎買いの一度や二度はしたことがあろう。賽《サイ》の目に一喜一憂して、銭を賭《か》けたことくらいは、大人の多くは何度かは体験しているであろう。だからといって、皆が皆それで身をもち崩していては、人の世が成り立たない。

「もっともじゃ――」

九兵衛はうなずいたが、まだ、釣り道楽のどこが外道なのか、その問いの答えを聴かされたわけではない。

「しかし、重ねて訊ねるが、釣りの道楽が、女や博打よりも、道楽として外道というのはどういうわけなんだい」

「そりゃあ、釣りの方が、人間で言やあ、博打なんぞより善人面《づら》をしてやがるところでござりましょう」

「善人面？」

「博打にのめり込んでる、他の女に入れあげてるってのは、世間様に対しても通りがよろしくない。三日に一ぺん賭場《とば》に足を運んでるってのは、外聞はよくないが、三日に一ぺん釣りに出かけているってなあ、それほどじゃあござりません。よい御身分でと、せいぜいが皮肉を言われるくらいのことで……」

「はい」

「身内の者が、博打にはまっていると耳にすりゃあ、世間様も同情してくれますが、釣りにはまってると耳にしたって、誰も同情なんかいたしやせん。これが、釣り道楽の者を身内に持つ人間のつれえところでござります」

「おまえさんの言う理屈はよくわかる。しかし、そのもとの話である釣り道楽がいけないというところが、まだわからない」

九兵衛としては、当然のことを訊ねた。

「博打は、銭が失くなりゃあ、お終《しめ》えだ。身内に博打道楽がいると知れりゃあ、世間が味方だ。女遊びだって同《おんな》じだ。銭が失くなりゃあ、夜鷹だって買えねえ。他の女に入れあげたって、そりゃあ、相手のあることだ。女の方が愛想づかしをすりゃあ、それでお終えだ。しかし、この、釣りというものにゃあ、そのお終えってのがございませんので……」

「終《しま》いがない？」

「銭の多い少ないは、てえしたことがねえ。あるならあるなり、ねえならねえなりにできるのが釣りでございます。つまり、銭をつかい果たしたって、釣りはできるんでございます。そこが、困ったところなんでございますよ」

新造の眸《め》が光った。

このあたりから、新造は鬼狂《ものぐる》いしたようになって、ほとんどうわごとのように、ただひとりで語りはじめたのである。

四

考《かんげ》えてみりゃあ、釣りってえのは、あの阿芙蓉《あふよう》みてえなもんじゃあねえかと思いますよ。

いいえ、あたしはまだ、阿芙蓉ってのを試したことはござりません。ござりませんが、聴くところによれば、ありゃあ、禁断症状ってのが出るそうで。阿芙蓉が切れると、暴れたり、叫んだり、時にゃ壁を掻きむしって、両手の指の爪がはがれたりしたって、それをやめないそうじゃあありませんか。

ありますよ。

ござりますとも。釣りにだって、禁断症状はあります。

家ん中で、思わず竿を握ったつもりになって、右手をこうひょいとあわせて、ひとりでにやにやしちまうなんてのは、まだどうってこたあない。

仕事中に、新しい仕掛けのことなんぞ思いついたら、もう手が仕事そっちのけになる。大え魚《でけ》を逃がしたら、それが頭から離れない。急いで釣り場に出かけて行かなきゃあ、翌日にも、いや、今こうしてそのことを考えている今この時間にも誰かがあの大《でけ》えのを釣ってしまうかと思いはじめたら、まっとうな仕事なんぞ、できるもんじゃありやせん。

こりゃあ、これから話すこたあ、あたしのことじゃありませんよ。知り合いのことでもねえ。釣り道楽がどんなもんかってえことをわかりやすく説明するために、今、あたしが作った話だ。

そこんところを、間違わねえでおくんなさいよ。

たとえばね。

ある男が、三十で所帯を持ったとする。

まあ、わかりやすくするためだ。話しやすくするために、そいつは大工《でえく》だったたってえことにいたしやしょう。

親方、棟梁《とうりょう》のところに奉公に行って、そこで仕事を覚えた。

腕はいい。

年季もあけて、そこそこ銭ももらえるようになった。棟梁の仕事を手伝って、大きな仕事の時は呼んでもらうし、小さな仕事はそのまんままわしてもらえる。

暖簾《のれん》分けじゃあねえが、おめえもそろそろ一人前《めえ》だ、おめえが向こう様から直《じか》に仕事を受けたっていいと言ってもらえるようになる。手が足らなきゃあ、おれの手を貸したっていいぜという、てえへんにありがてえ話だ。

で、三十の時に、嬶《かか》アをもらったたってえわけだ。

あたしのことじゃあありやせんよ。

念をおしておきますがね。

これまで、酒はたまに飲むが、たしなむ程度だ。博打だってやらねえ。女遊びなんてやったことがない。

女だって、嬶アしか知らねえ。

世間から見りゃあカタブツでさあ。

それが、三十二の時に、どういうはずみか、魔が差したっていうか、誘われて釣りに行った。

初めてだ。

何もわからねえから、竿だって借りもの。糸だって鉤《はり》だって、みんな自分のもんじゃあねえ。

釣りのこたあ、右も左もわからねえから、行ったたって、ほとんど釣れねえ。一緒に行った者《もん》が、十、二十とあげるうちに、こっちはひとつかふたつだ。

くやしい。

「おまえさんは、初めてだからそれでいいんだよ」

「ひとつも釣れりゃあ、てえしたもんだ」

「わたしなんぞは、初めての時ゃあ、ひとつも釣れなかったよ」

そんなことを言われてね。

けれど何を言われたって、嬉しかあない。

なぐさめられたって、なぐさめにならない。

なぐさめられたフリをする。初めてだから、くやしいから、くやしがってるとこを見せねえようにする。釣りのことがわからない。わからないから、釣れなくていい。釣れないことも気にしちゃあいない。そんな顔して釣っている。

けど、腹ん中あ、煮えくりかえってるよ。

どうにかして、あいつよりも釣ってやろう、なんとかもう一尾、もう二尾ってね。

そのうち、あっちとこっちじゃあ、餌《エサ》が違うんじゃないかと思う。鉤が違うんじゃないかと思う。たかが魚だ。喰ってきたら、合わせりゃあいい。そうすりゃ、誰だって釣れる。そう思っていたのだが、どうもそれが違うらしい。

そうっと盗み見りゃあ、よく見れば、餌も同じで、鉤だって似たようなものだ。

今ならね、そん時、あたしがどうして釣れなかったのか、よくわかる。何が違っていたのか、よくわかる。

　餌が同じだって、その餌を鉤につける時どうするかがわかってなきゃあ、いけない。餌をつけて、鉤先をちょこっと餌から出しておかなきゃあならねえ時もありゃあ、鉤の全部を見えねえように餌の中に隠しておかにゃあならねえ時もある。餌がでかけりゃあ、ちょっと切って小さくしたりもする。生き餌《え》の方がいいから、喰いが立たねえ時は、たとえばそれが川蚯蚓《ミミズ》なら、すぐに活《いき》のいいのに替えた方がいい。

　鉤だって、魚信《アタリ》があるのに魚がのってこねえ時ゃあ、鉤の先をこう少し研いだり、案配よく、鉤のノドのところの曲がりぐあいを強くしたり、弱くしたりする。糸だって、細い方がいい。竿だって、先調子のものもあるし、胴調子のものもある。どっちがいいかは、釣る魚の種類や大きさで違う。

　そんなことが、なんにもわからなかった。

　釣りってなあ、あたしはそれまでのんびりしたもんだと思ってた。

　しかし、やってみたら、そうじゃあなかったね。のんびり見えるなあ、ありゃあ見せかけだけだ。やってみりゃあ、釣りは、最初から最後まで、気忙《きぜわ》しいばっかりだ。心がいつも走ってる。気持ちが揺れている。釣れなきゃあ、くやしくて、腹ん中がぼろぼろと腐って落ちていくようだ。顔でへらへらしてたって、心ん中あ、夜叉《やしゃ》の顔だ。

泣き顔だ。

そういう意味で言やあ、初回ではまっちまった。

くやしいから、次の時にゃあ、自分で工夫をする。

竿を買って、糸を買って、鉤を買い、あれこれそろえて、これならと思って竿を出しても、また釣れねえ。初回よりはマシだが、釣れねえ。初回が鱠残魚《キス》で、二度目が沙魚《ハゼ》だ。鱠残魚と沙魚だったら、釣り方も、魚信があってからの間のとり方なんかが、微妙に違うんだ。それがわかんない。思うようにならねえ。

これもくやしいから、鱠残魚と沙魚で鉤を替えたり、誘いを変えたり、あれこれ手を尽くす。

そのうちに、買ったもんじゃあ思うにまかせねえから、自分で竿を作り、鉤を曲げて、あれやこれやと始めるようになる。

まだ、誰もやってねえ工夫を思いついたり、そういう仕掛けを作ったりする時ゃあ、夜も寝ねえで、灯りをつける。

最初のうちは、嬶アだって悦《よろこ》ぶ。

釣りたての魚を家で喰うんだ。買わなくていい。しかし、嬶アが悦んでくれるなあ、始めて一年か二年、せいぜいがそんなもんだ。

何しろ、鰡残魚の頃には鰡残魚ばっかり、沙魚の頃には沙魚ばっかりだ。一年もたつ頃にゃあ、いっぱしの漁師気どりで、そこそこ釣れるようになっている。一度行きゃあ、百や、二百は釣ってくる。

そんなの、おれと嬶アじゃ喰いきれるわけがねえ。近所に配って、塩漬けにして、乾《ほ》したり、焼いたり、あの手この手を使ったって、あまったもんが腐る。前の時のを乾して、それがまだ残ってるうちに、次の釣りで新しいのが入《へえ》ってくるんだ。

釣りの仲間といったって、そんなにしょっちゅう行ってるわけじゃあねえ。いつの間にか、釣りに行く時ゃあ、ひとりになっちまう。

大工だから、雨の日は休みだ。だから、釣りに行くなあ雨の日が多い。そのうちに仕事よりも雨が楽しみになって、少しくれえの雨なら、仕事をするところ、釣りに行っちまう。

しめえにゃ、曇りの日、晴れた日にだって行くようになる。

釣った魚で、これだけ銭が浮いたんだ、その分釣りに行かせてくれ——って、おかしな理屈を考えついたりしてね。

親方が、心配して、意見をしてくれるんだが、もう聴く耳は持ってねえから、嬶アを張り倒す。

——てめえ、おれのことを棟梁に告げ口しやあがったな。

入るものが入ってこねえから、嬶アも愚痴を言う。愚痴なんぞは、聴いていたって

おもしろかあねえから、また釣りに行っちまう。子供が病気でも、嬶アが病気で寝込

んでいても釣りだ。

——おれがいたからって、病気が治るもんじゃあねえ。

そんなことを行って出かけちまう。

おかげで、親が死んだ時だって、子供が死んだ時だって、嬶アが死んだ時だって、

釣りでさあ。

やめられねえ。

いやなことがあったって、釣りだ。

釣りに行きゃあ、そのいやなことを忘れられる。いや、本当は忘れちゃいねえ。竿

を握ってる時だって本当のことを言やああれこれ考えて、あれこれ心の中でくすぶり

続けているもなあ、いつだって抱えたまんまだ。しかし、魚が鉤に掛かったそん時だ

けは、何もかもが消えちまう。

極楽だ。

釣りの中毒だ。

最初は、足首がはまって、あっという間に膝まではまる。あれっと思った時ゃあ、腰までつかって、気がついたら胸まで釣りの泥沼にはまって身動きがとれねえ。動けるのは、よけい深い方へ行くことだけだ。ついに首まで浸り、口で息ができなくなり、すぐに鼻でも息ができなくなる。

しかたねえから、耳で息を吸う。

眼で呼吸をする。

その目ん玉まで、泥に浸っちまって、頭のてっぺんで息をするようになっちまった時は、もう、人じゃあなくなっちまってるってえわけでござりますよ。

こうなってくると、釣りがおもしれえから行く、釣ってりゃあうさばらしができるから行くってえことじゃあねえんで。釣るのが辛《つら》い。辛いけど行くんですよ。辛くたって行っちまうんです。辛いから行っちまうんです。苦しいからこそ行っちまうんですよ。そりゃあ、もう、地獄だ。地獄を這《は》いずりまわるようにして釣るんですよう。

くどいとお思いでしょうが、重ねて申しあげておきますとこりゃあ、あたしのことじゃあござりません。

え？

さっき、あたしがどうして釣れなかったかわかると言ったたって？

そりゃあ、方便で――

釣り道楽がどういうもんかってえことを、わかりやすくお話ししただけのことでござりますから――

そこんところを、よくわかってやっておくんなさい。

五

「どういうことでござりましょうかねえ――」

複雑な表情を浮かべて、九兵衛は言った。

「結局、わたしは、その新造ってえのを雇《やと》うことにしてしまったんですよ」

「そりゃあ、また、どうしてです？」

其角が訊《たず》ねた。

「こわいもの見たさとでもいうんでしょうか。幾《いく》ら、釣り道楽が外道だからといって、そこまでのものではないであろうとも思っていました。まあ、新造の言うことを、全部は信用していなかったということでしょう」

「それは、話の半分くらいは信用していたってえことですかい」

「そう言えるかもしれません。それにね、こちらも、話を聞いて少し意地になったところもある。そういうことなら、見てみたい、見せてもらおうじゃないか――そう思うようになったということです――」

「新造の地獄ぶりを？」

「まあ、そういうことでしょう」

九兵衛は笑った。

雇うということで話がまとまった時――

「ところで、ひとつだけ、そのことでお願《ね》げえしてえことがござりまして――」

新造が、そう切り出した。

「何だね」

「給金も何もいらねえ。寝るところがあって、飯を喰わせてもらえるところがありゃあ、あたしにゃ十分で。かわりにただひとつ、月に一度だけ、一日《いちんち》、あたしの好きなように使わせていただきてえんでござります」

「それは、釣りということかい」

「へい。あとのこたあ、あたしが自分の裁量で、仕事の合間にやらせていただきやす――」

それで、新造は、九兵衛のところに厄介になるようになったというのである。

新造は、よく働いた。

屋敷の修繕だけでなく、出入する問屋や、問屋の主《あるじ》の妾宅《しょうたく》の木戸や軒までも、出かけて行ってはなおしてきた。

薪《まき》を割り、朝早くから起きて掃除をし、夕方には風呂を沸かし、屋敷内に小さな畑まで作って、そこで、茄子《なす》や胡瓜《きゅうり》などの野菜も育てた。

十日もいるうちには、屋敷や店の、ほとんどのことを呑み込んで、そのおりおりに、手の足りないところに助人《すけっと》にゆく。

そして、月に一度、釣りに出かけて行く。

竿は、どこかの竹藪《たけやぶ》から切り出してきたらしい竹を丸で作っている。

鉤は、木綿針を、風呂の火で炙《あぶ》りながら、器用に曲げて作った。糸は、絹糸だ。錘《おもり》や浮子《うき》も手製である。

釣りに出かけて行けば、鱠残魚《キス》や沙魚《ハゼ》はもちろんのこと、王余魚《カレイ》や、時に黒鯛なども釣ってくる。

釣ってきた魚は、

「あたしがさばきやすから――」

調理場から俎板《まないた》と出刃包丁を借りて、腸《わた》を取り、開いて乾したり、刺し身にしたりする。

「こいつは、こうやって煮りゃあようござりやすよ」

魚を煮込む時、ショウガや葱《ねぎ》をどうやって入れるかという、ちょっとしたコツなどを教えてゆく。

あたりはずれはそれなりにあるものの、だいたいが、持ちかえってくる時は、二尾、三尾などという半端な量ではない。店で働く全員が食べて、余る時もある。

「三日後に、人寄せがあるから、これこれの魚を、これだけ用意できるか」

と問えば、ちょっと考えて、

「できやすが、二日はかかりやす。釣ったのを腐らねえようにしなくちゃあならねえから、これこれの生《い》け簀《す》を用意して、運ぶ時ゃあ、二、三人、人を用意してもらえやすか——」

と言う。

その通りになる。

また、新造に頼むことになる。

時には、

「そりゃあ、あたしにゃ手に余る仕事だ。半分はなんとかなりましょうから、残りの半分は、買っていただく方がよろしいでしょう」

魚の種類によっては、新造がそう言う時もある。

二年もたつ頃には、月に一日だったのが、二日になり、三日になり、五日になる。

むろん、九兵衛が許してのことだ。

時々、釣りからもどる時に、なまこを持って帰ってくる。

それに自分で包丁を入れて、酢醤油《すじょうゆ》で食べている。

その時だけは、酒で一杯やったりもする。

「それで、奴のことをなまこの新造ってえ呼ぶようになったんでございますよ」

九兵衛は言った。

「その頃には、どこでどう都合をつけたか、あちこちで使った材木の余りを溜《た》め込んでいたらしく、新造のやつ、屋敷の裏に小屋を建てました」

「小屋を？」

訊いたのは、朝湖である。

「わたしが許したんですよ。なあに、大きなもんじゃあない。六畳ほどの板の間と、二畳ほどの土間があるっきりの小屋で――」

仕事は、きちんとこなしている。

釣りにゆく回数は増えたものの、店や屋敷でのあれこれにさしさわりがあるわけではない。自分で仕事のやりくりをつけて、釣りにゆく時間を作っている。むしろ、活のいい魚が手に入るのがありがたかった。

だから、九兵衛は小屋を建てるというのを許したのだという。

「なまこの新造が何をしようとしているのか、この男がどうなってゆくのか、それをおもしろがってたんですよ。新造の道楽が釣りなら、わたしの道楽が新造だったんで。それにね、わたしの方にもちょいとした色気があった——」

「色気？」

「なんかね、ここまで人が釣りに夢中になるんだったら、その釣りが商売になるんじゃないかって、そんなことまでね、考えていたんですよ」

九兵衛は、紀伊国屋文左衛門を見やった。

「ほう……」

と、文左衛門は興味を覚えたような声をあげた。

魚を釣ることで商売にする——といっても漁師ではなく、人が釣るのを手助けする仕事。

「釣り道具を売ったり、どの時期にどこへ行けば、どういう魚が釣れるか、釣った魚をどう食べるかまでその指南をする。道具も、魚ごとに竿や鉤を分けて、しかもただ道具を売るだけでなく、流行《はや》りをしかけてゆく――」

　竿は塗師《ぬし》に頼んで凝ったものを作り、色々な釣り勝負や釣り試合を催して、役者や名のある人間に参加させて、皆が釣りに金を使うような仕組みを江戸に作りあげる。

「結局、やりませんでしたけどね。やらなくてよかった。生類憐《しょうるいあわれ》みのことがあって、昨年に釣り船禁止令が出た時には、本当にそう思いました。やっていたらたいへんな目にあっていたでしょう」

「でしょうね」

　文左衛門がうなずく。

「まあ、その小屋を建てるあたりまでは、釣り道楽と言ったって、案外に始末のよいものでした。ほっとしもいたしましたが、こんなものかと、少々がっかりもしていたのでございます」

「小屋を建ててから、変ったのですか」

　其角が訊ねた。

「変りました」

「毎日釣りに行くようになった？」

「いいえ、そうじゃあありません。それは、もう少し後のことで――」

「では、何なのです」

「逆に、小屋にこもるようになったのですよ」

仕事はきちんとこなす。

釣りにゆく回数も、月に五日くらいだったのが、六日、七日くらいになっただけであった。しかし、新造は、その小屋にこもって外へ出ないようになった。

それまでは、頼まれたこと以外の仕事も、気をきかせ、自分で捜してやっていた新造であったが、小屋にこもりはじめてからは、頼まれたことしかやらなくなったというのである。

だが、頼まれたことは、きちんとやった。

頼まれた仕事は言われた時にすぐにやっていたのが、そのうち、

「こいつは、いつまでに済ませときゃあよろしいんで？」

そう訊ねるようになった。

「まあ、三日のうちには――」

そう言うと、その三日のうちのぎりぎりに仕事を終えるようになった。

それは、まだいい。

しかし、それがだんだんと、三日のうちが三日目の夜になり、四日目の朝に仕事を済ませるのがあたりまえとなり、一日、二日と仕事が遅れるようになった。さらに、遅れても、丁寧であった仕事が、ぞんざいになってきた。手抜きが目立ち、それと並行するように、小屋の中から鎚《つち》の音が響くようになった。どこでどう道具を揃《そろ》えたのか、鍛冶《かじ》屋の真似事のようなことをしているらしい。

「何だったんです?」

朝湖が訊ねた。

「何か、書きものをしていたようで――」

「書きもの……」

「それ以外に鉤を自分で打ち、鍛え、錘もあれこれ工夫をしていたようです。たまに小屋を覗《のぞ》くと、小屋の中は、竹だの、金具だのあれこれの道具が散らばっておりました。そりゃあ、ひどいありさまでしたよ」

ある時、覗いた小屋の中で、眼を炯々《けいけい》と光らせた新造が、自作の文机《ふづくえ》を前にして、窓からのわずかな明りの中で、背を丸めて何かを書いている。

しばらく前に新造がなおしたはずの雨戸のたてつけの具合が、少しもよくなってい

なかったので、

「新さん、ありゃあもういっぺんやってもらわにゃあならないね」

小言を言った。

「わかりやした、やっておきやす」

「今日中になんとかなるかい」

「今、ちょっと手のはなせねえことがございまして、明日にゃ、やっておきます」

考えられないことであった。

使用人が、主《あるじ》に向かって、言われた仕事を自分のことで先のばしにしたのである。

一瞬、むっとしかけた九兵衛であったが、それをこらえた。

「頼んだよ」

そう言って、小屋を出た。

翌日、雨戸はなおっていなかった。

三日目に、人をやって、なおしたかどうかを訊ねさせたが、

「言われた翌日に、やっておきやした」

そういう返事が来ただけであった。

嘘であろうと思った。

屋敷の者に確認をしたが、新造が雨戸のことで仕事をした気配《けはい》はない。人に見られぬうちに、さっさと仕事を済ませた可能性もなくはないが、しかし、雨戸の不具合はそのままである。

再度人をやると、

「まだ具合《ぐ》え《え》が悪いってんなら、また、いじっときます」

という返事であった。

しかし、雨戸のなおった気配はない。

「ああ、これか——そう思いましたよ。新造が言っていた釣り道楽の裏に隠れていた本当の顔が出てきたんだなって——」

その頃から、新造の人相が、変化をしはじめた。

いわゆる悪相になっていったのである。

眼つきが鋭くなり、笑わなくなった。笑う時は、口の一方の端《はし》だけを吊りあげる。いやな笑みだ。

頻繁《ひんぱん》に姿を消すようになった。

朝、誰かが小屋を覗いてみると、すでに新造はいない。釣りに行ったのであろうと考えたが、もどってくる時は、手ぶらであった。魚を持ちかえってこない。

それまで、評判のよかった新造であったが、たちまち屋敷内での評判が悪くなった。ほとんど仕事をしなくなったが、飯の時だけは、姿を現わして、飯に湯をぶっかけて、漬けものをふたきれかみきれのせて、それをかっ込んで食べる。

九兵衛も、そのうちに、小言を言うのをやめた。

言っても聞かないからである。

新造は、鉛《なまり》を溶かして、色々な大きさやかたちをした錘を作ったり、鉤を作ったりしては、それを実際に釣りの現場で試しているらしい。試しては作りかえ、作りかえては試す。時には、錘をぴかぴかに磨《みが》いて、他の錘との具合を比べたりもしているらしい。

その間にも、色々と何やら書きつけている様子である。

「追い出したらどうです」

番頭の重松《しげまつ》が、九兵衛に直言したが、

「しばらく、放っておこうよ」

九兵衛はとりあわなかった。

新造のゆく果てを見とどけてみたいという、妙な好奇心もあった。

しかし、重松が、ある時、こらえきれずに新造の小屋まで出向いていった。

「うちの大旦那《おおだんな》の人のいいのにつけ込んで、好き勝手なことをするんじゃない。釣りは月に一日の約束だ。うちは、ただ飯をおまえさんに喰わせるほど、呑気《のんき》なところじゃあないんだ」

重松が言うと、神妙《しんみょう》に頭を下げるかと思った新造が、逆に開きなおった。

「おまえさんに、言われたかあねえや。釣りに月に何日行こうが、岡田屋の旦那がいいって言ってるんだ。それを番頭のあんたが勝手にしゃしゃり出てくるたあ、どういう了見《りょうけん》があってのことでえ――」

番頭とは言え、重松の方が、十以上も新造より若い。

「こちとら、もう七十を超えたんだ。これまで、おまえさんたちのためにゃあ、さんざ働いてきたんだ。おれのやった仕事を、そこらの大工に頼んだらいくらかかると思ってるんでえ。おれが、この店へ入れた魚、買ったらどれだけの金が出て行くかわかってて言ってるのかい。まさか、七十を超えた爺《じじ》いにこれ以上働けと言ってるんじゃあねえんだろうな」

口調《くちょう》がきつい。

この重松に、倒れているところを見つけられて生命を助けられたという恩を忘れている。

しかし、新造の言うことにはわずかながらの理がないこともない。

重松は、引き退《さ》がって、岡田屋九兵衛に泣きついた。

「店の者にもしめしがつかないばかりか、わたしの顔が立ちません。このままじゃあ、わたしも、この店にはおられません――」

新造をあのままにしておくのなら、この自分が店を出てゆく他はない――と重松は言った。

重松は、眼に涙を浮かべていた。

重松の言うことはもっともであった。自分が、重松より新造の味方をしてしまっては、重松は店をやめるしかないというのもよくわかる。重松と新造とを秤《はかり》にかければ、どちらが重いかは考えるまでもないことだ。

九兵衛は、重松と店の者何人かと一緒に小屋まで出かけてゆき、

「新造さん、たしかにあんたは、こちらが喰わせてやったおまんま以上の仕事をしてくれた。それは承知している。しかし、恩人である重松に、あの口の利《き》きようはないよ」

すでに九兵衛の胆《はら》は決まっている。

「これまで、おまえさんの勝手を許してきたなァ、あたしの道楽だ。しかし、申しわ

けないが、その道楽にゃ徹《てっ》しきれなかった。今度のことで、よくわかった。あたしの道楽は商売《あきない》だってね。あたしらは、商売のためだったら、嫌いな人間の小便だって飲むんだよ。しかし、新さん、あんたをこれまで置いといたのは、商売たあ別もんだ。この重松は、四十年以上もこの岡田屋のために働いてくれた人間だ。うちの店が大きくなったのもこの重松のおかげだ。おまえさんが、うちの店のどれだけのもんをなおしてくれたかあわからないが、この重松は岡田屋の一番太い大黒柱だ。その大黒柱を折られたんじゃ、店がやってゆけない。あたしは、この岡田屋も、恩人の重松も守らにゃあならない」

ここで、重松が、うっ、と呻《うめ》くような声を洩《も》らして、眼頭《めがしら》を手で押さえた。

九兵衛は、懐《ふところ》に右手を入れ、それをまた引き出した。その手に、五両が握られていた。

「さ、これは、これまでおまえさんが働いてくれた分の駄賃《だちん》だよ。多いか少ないかはわからないが、これ以上は出せない」

九兵衛は身をかがめ、それを、新造の眼の前の土の上に置いた。

「明日でいい。それを持って、ここを出ていってもらおうか――」

九兵衛は口を閉じた。

新造は、土間に両膝《ひざ》をつき、その膝の上に両手を置いて、うつむいていた。

強い力で、その節《ふし》くれだった皺《しわ》の浮いた手が、膝の肉をつかんでいる。ふいに、その手の上に、ぽたぽたと何かが滴《したた》った。新造の涙であった。

「この金は、もらえねえ……」

新造の声は震《ふる》えていた。

「あたしを、殺しておくんなさい」

新造が顔をあげた。

「本気かよう、本気かよ、九兵衛……」

その顔は、涙に濡れて、くしゃくしゃに歪《ゆが》んでいた。

「あと、少しだ。あと、少しなんでえ。もう一年もありゃあ、できあがるんですよう」

新造は言った。

「たとえ、金をもらったって、こんな金じゃあ足らねえ。どっかを捜して、また小屋を建て、おんなじことをやるにゃあ、おいらの時間がねえ。くたばっちまう。二十両、いや、三十両もなきゃあ、そんなことはできやしねえ……」

「何のことだね。何ができあがるって言うんだね……」

その問いに、

「この日本国始まって以来、初めての、釣りの指南書でい!!」

新造は、泣きながら、声をはりあげた。

「おらあ、みいんなしくじっちまった。親方のところもしくじり、嬶《かか》アのことも、娘のことも、親のことだって、みんなしくじった。何ひとつ、まっとうなこたあできやしなかった。釣りだけだ。あたしに残されたなあ、釣りだけなんですよう。ここで、釣りのことでしくじっちまったら、もう、おいらにゃなんにも残らねえ。親ア泣かしたなあ、しようがねえ。嬶アを泣かしたのだってしかたねえ。娘だって死んじまって、もどらねえ。身内全部を泣かして、つっ込んできた釣りのことでしくじっちまったら、何のためにあいつら泣かしたのかわからねえ。あの世で、どの面《つら》ぶら下げて、あいつらに会ったらいいんです。あいつらの、墓がわりに、おいらの墓がわりに、今、この指南書を作ってるんだ。もし、くたばるんなら、釣りのことでくたばりてえ。ここを出てけってえんなら、あたしをここで殺しておくんなせえ。おいら、犬だ。犬でいい。犬を飼ってると思って、あたしをここに置いてやっておくんなせえ――」

六

「それで、どうしたのです」

　其角が問えば、

「新造を、そこへ残してやることにいたしました……」

　九兵衛は、額《ひたい》に手をあてて言った。

「重松も納得してくれたんで、残しました。仕事は何もしなくていい。飯だけは喰わせてやるから、好きなようにしろと……」

　そうか、犬を飼ってるんだ。犬に食い物をやってる、新造の言うようにそう思えばいいんだと考えたら、気が楽になりましてね――と九兵衛は言った。

「それから、一年ほどして、翌年の秋ごろでしたか、新造の書いた釣りの指南書はできあがりました」

「御覧になったんですか?」

「見ましたよ」

「これですか?」

懐から、朝湖が『釣秘伝百箇條《つりひでんひゃっかじょう》』を取り出して、九兵衛の前の畳の上に置いた。

「そうそう、これでしたよ。『釣秘伝百箇條』。たいへんな労作でござりました……」

「で、どうなったんです、その『釣秘伝百箇條』は？」

「わたしの知り合いにそのことを話したら、そういう指南書があるんなら、ぜひそれを見たいものだというんで、どうだと新造に声をかけたら、捨てたと――」

「捨てた？」

「ええ。本当か、それで嘘でないならなんともったいないことをしたのだねと言ったのですが、書きあげたら、もうそれで充分だ、もう用はねえ、だから捨てましたと――」

「本当ですか」

朝湖が訊く。

「そう言ったというのは本当です。しかし、本当に捨てたかどうかまではわからない。信じられなくとも、新造がそう言う以上は、もう、どこにあるかを問うてもしようがありません」

「しかし、その捨てたはずのものが、こうして今眼の前にある――」

「確かに――」

「捨てたのを誰かが拾ったのか、捨てたと言ったのは嘘だったのか？」

「そこまでは、わかりません」

そこへ、

「その『釣秘伝百箇條』、確かに、新造が書いたものですか。誰かが写したものということは——」

文左衛門が訊いた。

「間違いありません。新造の手です。写したとするなら、新造自身が写したんでしょう」

九兵衛が言った。

「で、その『釣秘伝百箇條』を書きあげた後は……」

朝湖が訊いた。

「魂《たましい》が抜けたようになってね、もう、齢は七十を超えてたようですからね。一年半ほど、ぶらぶらしながら、好きな釣りに出かけてましたが、ある時、急に、釣りに出かけたきり、もどらなくなってしまって——」

九兵衛は、小さく首を左右に振った。

「おそらく、釣りに出かけて、海にはまってそのまんまになったんじゃあないかと。

七十四ぐらいだったんじゃあないかと思いますよ――」

「新造の持っていた竿ですが、そりゃあ、こいつじゃあありませんか――」

朝湖は、あらかじめ、用意して縁側に置いていた竿を持ってきて、九兵衛に見せた。

野布袋竹《のぼていだけ》の丸《まる》、長さ二間半《にけんはん》。片ウキスで、手尻近くに〝狂〟の字が彫ってあった。

それを手にとって、

「そうそう、これです。この竿に違いありません」

「なら、おいらが釣りあげた、あの土左衛門《どざえもん》が、投竿翁《とうかんおう》――なまこの新造だったってえわけだ」

朝湖は、竿を握ったまま、水中から自分を見あげて嗤っていた老人の顔を思い出していた。

竿の先には大きな河鰤残魚《カワギス》がついていた。

「ちくしょう、うらやましい死に方をしやがったなァ、なまこの新造――」

朝湖はしみじみと言った。

「今の、釣り船禁止のお触れが出たことを耳にしたら、何て言いますかね」

其角が言った。

「将軍様《あいつ》んところへ、化けて出てもらいてえ」

朝湖は口を歪めるようにして笑った。

「すると、どうやら、こういうことですね。阿久沢《あくさわ》様が、はじめて新造と会ったのが、ちょうど、岡田屋さんに新造がやっかいになるようになったその翌年くらい。それで、長太夫《ちょうだゆう》が、神田明神で若い女といる新造を見た前後に、『釣秘伝百箇條』が書きあがったと――」

文左衛門が言った。

「なら、その若い女に、新造が書きあがったばっかりの『釣秘伝百箇條』を渡したんじゃあねえのかい。で、十年後の今年になって、その女が、わけあって、それを大黒《だいこく》堂《どう》に売った――」

これは、朝湖が言った。

「どんなわけなんです。それに、その女と新造の関係は？」

其角の言葉に、

「知らねえよう。おいらに訊くねえ」

朝湖は首を振った。

「岡田屋さん、新造のことで、他に何かわかってることはありませんか――」

文左衛門が問う。

「さて、自分のことは、ほとんど言わなかった男ですからねえ。もう一度、家の者に、何か新造から聴いていることがあるかどうか、訊ねてみましょう」

「お願いいたします」

そういうところで、この日の集まりは散会をしたのである。

さっそく、采女《うねめ》のもとにも、この日のことは報告された。

その後、これといった新しい話は、岡田屋からはもたらされずに日は移り、其角は、大坂で、師芭蕉の死にたちあうこととなるのである。

巻の十三　この道や行く人なしに

一

元禄《げんろく》七年（一六九四）、十月十一日――

場所は、大坂の、花屋仁右衛門《はなやにえもん》方の裏座敷である。

其角《きかく》が、芭蕉《ばしょう》の枕元に座した時には、すでに夕刻で、あたりには夜の闇が迫っていた。

行灯《あんどん》には灯りが点《とも》されていて、その明りが、芭蕉の顔に浮いた皺《しわ》の溝を、いっそう深く見せていた。

五月に、江戸で芭蕉を見送ってから、およそ五ヵ月ぶりに見る師の顔であった。

芭蕉の頬《ほお》の肉は、驚くほど落ちていた。頭蓋骨《ずがいこつ》の形状が、そのまま見てとれるほどであった。眼窩《がんか》の奥に、瞼《まぶた》がぴったりと張りついた眼球のあるのがわかる。

其角が座した気配に気づいたのか、

「其角か……」

芭蕉は薄目を開けた。

「よう来た……」

細い息と共に、芭蕉は言った。

「思いの外《ほか》、お元気そうでござりまするな」

ただ、お元気そうでと言わずに、思いの外と最初に言ったのは、この場の其角の判断であった。

その言葉に、芭蕉は微《かす》かに笑ったようであった。

「おまえの眼からは、どのような景色《けしき》が見えておる……」

芭蕉は言った。

「はい？」

其角は、芭蕉の言った言葉の意味がよくのみ込めなかった。

「おまえの見ている風景は、今にも死にそうな爺《じじ》いがひとりいて、惨憺《さんたん》たるものであろうが、わしが見ている景色はなかなかおだやかな秋の夕暮れじゃ……」

言われて、其角は、ようやく自分が庭の風景を背負って芭蕉に対面していることを知った。夕闇の迫った庭が背後にあり、涼しい風がそこに吹いている。見えている空には、夕暮れの残光がまだほんのりと雲に映っていて、なるほど、秋の夕暮れである。

「風が冷たいので、閉めようといたしましたら、開けておいてほしいと申されまして――」

そう言ったのは、この座敷まで其角を案内した、支考《しこう》である。

「なるほど、秋の夕暮れでござりまするなあ――」

其角がうなずいて、

「行く人は、ござりますか」

そう問うと、芭蕉はまた微笑した。

其角の言ったことの意味がわかったからである。

ちょうど半月前の九月二十六日、芭蕉は、大坂新清水寺《しんきよみずでら》の北にある浮瀬《うかむせ》という料亭で、泥足《でいそく》、支考、游刀《ゆうとう》、之道《しどう》、車庸《しゃよう》、洒堂《しゃどう》、畦止《けいし》、惟然《いぜん》、亀柳《きりゅう》たちと、半歌仙を巻いた。

そのおりの芭蕉の発句《ほっく》が、

この道や行く人なしに秋のくれ

であった。

この句は、はじめ〝人声やこの道かへる秋のくれ〟としたものを、思うところあって〝この道や〟としたものだ。

芭蕉のもとにたどりつくまでに、すでに其角はそれを聴きおよんでいた。

「どうだろうなあ、其角よ、あるかなあ……」

芭蕉はつぶやいた。

「ありまするな」

「何人じゃ」

「ひとりか、ふたりか……」

「顔は？」

「見えませぬ」

「たれであろうかなあ……」

芭蕉は、夢みるような声でつぶやいた。

〝この道〟

というのは、芭蕉が作りあげたといっていい俳諧の道である。その同じ俳諧の道でも、このところ芭蕉が口にしてきた〝軽《かろ》み〟とは、すでに別の場所に其角はいる。

歌舞伎役者や能役者、朝湖《ちょうこ》のような絵師や紀伊国屋《きのくにや》ともきらびやかな交流があり、吉原《よしわら》への出入りも多い其角は、旅を塒《ねぐら》とした芭蕉とは対極に立っているといっていい。

それは、其角も芭蕉も承知をしている。

ものを作るというのはそういうことであり、師と同じではあり得ない。それでも、それを承知で、芭蕉は其角を愛し、其角もまた芭蕉を愛した。ふたりが師弟の関係になってから、ざっと二十年――この歳月は重い。

「ゆくものは見えるが、果たしてどちらへ向かっているのやらわからぬのではないか――」

芭蕉の言葉に、

「はい、見当がつきませぬ……」

其角は言った。

「そういうものじゃ」

芭蕉は、声に出して低く笑った。

二

芭蕉は、五月に江戸を発っている。

いったん、伊賀《いが》上野に帰郷し、その後京へ出て、盆会《ぼんえ》のためにまた帰郷して、大坂へ出るために、また上野を出立《しゅったつ》したのが、九月八日のことである。

この時、同行したのが、支考、惟然、次郎兵衛《じろべえ》、又右衛門《またえもん》で、九日には奈良からくらがり峠を経て大坂に入っている。

この大坂に入ったあたりから、芭蕉のぐあいは悪くなっており、十日には、すでに悪寒《おかん》と頭痛があったという。

十三日には住吉《すみよし》神社の升市《ますいち》に出かけているが、これも、悪寒を覚えて帰っている。

それでも芭蕉は、十四日には、畦止のところで歌仙を巻き、十九日は其柳《きりゅう》の家で歌仙を作り、二十日、二十一日車庸の家で半歌仙を作っている。

その後、二十六日に浮瀬で半歌仙を巻き、二十七日に園女《そのめ》の家に招かれて、そこで歌仙を巻いた。

二十八日の夜、畦止の家で恋の句をよんで、そして二十九日、芝柏《しはく》の家へゆこうという日になって、芭蕉に下痢が始まったのである。

十月に入っても、まだ下痢はおさまらなかった。

そして五日、体を悪くしたまま、花屋仁右衛門方の裏座敷に、病床を移したのである。

この時に、湖南、伊勢、尾張などにいる門人たちに、芭蕉の容態《ようだい》の悪化を伝えるため、人をやったのである。

去来《きょらい》、正秀《まさひで》、乙州《おとくに》、木節《ぼくせつ》、丈草《じょうそう》、李由《りゆう》ら門人がやってきたのは、七日である。

芭蕉が、最後の句をよんだのは、八日の深更であった。

「おい、おい……」

という芭蕉の声に気づいて、枕元にいた呑舟《どんしゅう》が耳をよせると、

「筆を……」

と、芭蕉は言った。

ここで、芭蕉がよんで、呑舟に筆をとらせたのが、

　旅に病んで夢は枯野《かれの》をかけ廻《めぐ》る

の句であった。

これが、芭蕉の最後の句となった。

しかし、芭蕉の俳諧への執念は、まだそれで終らなかった。

その翌日、死の床にあって、なお、芭蕉は過去の自分の句を改稿したのである。

「おい、嵯峨《さが》でよんだ、あの句があったろう……」

ふいに芭蕉がそう言い出した。

芭蕉の言う嵯峨でよんだ句というのは、

大井川《おおいがわ》浪《なみ》に塵《ちり》なし夏の月

という句のことであった。

「あれだがな、この前園女のところでよんだ〝白菊の目に立てゝ見る塵もなし〟に似ていてどうもよろしくない」

荒いが、細い呼吸の中で、芭蕉は言った。

「あれはいかん。〝大井川――〟のほうを、こうかえてくれ――」

そうして、芭蕉は、〝大井川――〟の句を、

清滝《きよたき》や波にちりこむ青松葉

とよみかえたのである。

「これでよい。このまま死んだのでは、化けて出てもなおさねばならぬからな」

十日には、いよいよ死期を覚《さと》った芭蕉は、夜になって遺言三通を代筆させ、兄、半《はん》左衛門《ざえもん》にあてた一通は、弟子に支えられながら自ら筆をとってそれを書いた。

この夜の芭蕉は凄《すさ》まじい。

眼が覚めている間中、枕元にいる者たちに俳話をした。

そして、十一日に、其角が芭蕉のもとに駆けつけてきたのである。

其角が、芭蕉の死に間にあったのは、偶然のことであった。

この時、其角はたまたま上方《かみがた》にいたのである。

其角が江戸を出たのは、九月六日のことであった。芭蕉がまだ上野にある頃で、まさかこれからひと月余り後に、芭蕉が死の床に横たわることになろうとは、誰も考えてはいない時である。

其角に同道したのは、岩翁《がんおう》、亀翁《きおう》、横几《おうき》、尺草《せきそう》、松翁《しょうおう》の五人の門人たちである。

基本的には物見遊山の旅であり、伊勢から奈良へ入って、長谷寺《はせでら》、三輪《みわ》神社、東大寺、当麻寺《たいまでら》などを参詣《さんけい》し、吉野にも入っている。

高取の城の寒さやよしの山

これがこの時、其角がよんだ句だ。

その後、紀ノ川に沿って和歌《わか》の浦に出て、紀州街道を大坂に向かい、住吉神社で門人たちとわかれている。

其角が、芭蕉の容態について知ったのは、大坂に入った十一日のことであり、知ったその日のうちに、其角は芭蕉のもとに駆けつけていたのである。

三

すでに、夜は更《ふ》けていた。

芭蕉の門人たちが並ぶなかで、其角が、門人を代表するかたちで、芭蕉と話をしている。

芭蕉は、ほとんど眠らずに話をした。

時おり、うとうとして眼を閉じ、しばらく眠っているようにも見えるが、すぐにまた眼を開いて、話を始めるのである。

時には眼を閉じたまま、眠っているのか起きているのかわからぬような状態で話を続けることもあった。時に、それは、うわごとのようであり、寝ごとのようであり、死者の国の者たちと、勝手に会話をしているような時もあった。

芭蕉の声は、低く、しわがれて、時に細く、喉《のど》を吹く風か笛のような音をたてた。

しかし、いずれの場合にしろ、その時の話題は俳諧のことであった。

すでに十一日の朝から、芭蕉は一切《いっさい》の食物を口に入れてない。

ただ、綿でしめした水だけを飲んだ。

その水を飲む時だけ、細く枯れた芭蕉の頸《くび》の中で、突き出た喉仏だけが、生き物のように上下した。

「其角よ、どういうのであろうかな……」

芭蕉が、虚空《こくう》を見つめながら言う。

その眸《め》に、行灯の灯りが映っている。

「は？」

其角が、上体を折り曲げ、芭蕉の口元に耳を近づける。

「已れの生死の変転を眼の前にしておきながら、わしは、まだ発句のことが気にかかるのだ……」

芭蕉は、今や、幽鬼《ゆうき》そのもののような顔をしている。

「頭がどうにもはたらかぬようになって、今さら句を作れるものではないのだが、息が苦しゅうて、やっと声を出しているだけなのだが……」

芭蕉の声は、まさに今芭蕉自身が口にしている通りのものであった。

「それでも、この肉が句を作ろうとしておるのだ。肉をちぎってその肉でもって肉がそれを句にしようとしておるのだ。死ぬ寸前と言えば、人は、仏に近いというはずだのに、わしは鬼に近いようなものになっておるのかな。これは、妄執《もうしゅう》か。もう、おれには妄執しか残っておらぬのか。まだ、心は朝雲暮雨《ちょううんぼう》の中を駆け、山水野鳥の声におどろいて、句を捜しておるようじゃ……」

芭蕉の眸は、もう其角を見ていない。

「わがにくをちぎりて死出の発句とすではかろみにかけるかならばわがにくを啖《くら》えくらえくらえばくるしくなるかならぬかたずねてみよほれそこにいるぞいっぴきおにが

いるぞわれをみてわろうておるぞ……」

言っているうちに意味が不明となり、いつの間にか芭蕉は眼を閉じ、おどろくほど大きないびきをたてている。

しばらくそれが続いたと思うと、ふいに芭蕉の眼が開いて、

「——そういうわけだから清滝にしたのだが、ほんとうはどうだ。大井川の方がよいか。これはかつて西行《さいぎょう》法師が歌をよんだところだからな」

そんなことを口にする。

「其角よ、其角よ……」

と、いきなり芭蕉が其角の名を呼んで、

「はい」

と言うと、

「むこうへ行け！」

激しい声をあげ、次には急に、ごうごうと声をあげて泣き出し、

「発句を作るから芭蕉ではないか。他のあそびなど知らぬ」

と、口をもぐもぐと動かしながら言う。

「淋しいのだ、淋しいのだあ、其角……」

そうも芭蕉は言った。

その芭蕉を、優しく見つめながら、其角は、芭蕉のことを、誰かに似ている、そう思っている。

誰に似ているのか、それを思い出せないのだが、誰かに似ている。

そう考えているうちに、ふいに、其角はその誰かに思いあたった。

投竿翁《とうかんおう》だ。

なまこの新造《しんぞう》。

海の上で、ほんの一瞬、水中にあるその顔を見ただけであり、実を言えば、その顔そのものは、ほとんど似てはいないのだが、それでも、其角は、芭蕉を見ながら、
これは投竿翁だ——

そう思っている。

あのなまこの新造が、死してなお竿《さお》を握っていたように、芭蕉は句を握ってそれにすがっている。

あるいは、もしかしたら、たれの中にも、あの投竿翁は棲《す》んでいるのかもしれない。

何かにもの狂いすると、暗い水の底からあの顔が浮かびあがってくるように、その

人の肉の裡《うち》から、竿《さお》を持った投竿翁が浮かびあがってくるのかもしれない。

あの朝湖の中からも――

そして、自分の中からも――

芭蕉は、ひと晩中、其角を眠らせなかった。

四

翌日――

元禄七年十月十二日申《さる》の刻（午後四時頃）、松尾《まつお》芭蕉は、五十一歳でこの世を去った。

その遺骸は、その日の夜のうちに長櫃《ながびつ》に入れられ、川船に乗せられた。

川船は川をさかのぼり、十三日の朝、伏見《ふしみ》へ着き、それから大津の義仲寺《ぎちゅうじ》へ、遺骸は運ばれた。

其角は、これに同行した。

埋葬されたのは、十四日の夜である。

これには、特別に人を招いたりしなかったにもかかわらず、三百余人が集まったという。

墓には、冬枯れの〝ばせう〟を植えて、その名のかたみにしたと、其角の『芭蕉《ばしょう》翁終焉記《おうしゅうえんき》』にはある。

巻の十四　其角《きかく》純情

一

「そうかい、そんな風《ふう》だったのかい――」

多賀朝湖《たがちょうこ》が、杯《さかずき》を口へ運ぶ途中で止めて、そうつぶやいたのは、深川〝はまの屋〟の二階である。

「まあ、そういうわけで――」

其角《きかく》は、杯を置いたまま、うなずいた。

すでに、十二月に入っている。

其角は、上方《かみがた》から数日前にもどってきたばかりであった。

大坂で、師芭蕉《ばしょう》の死に立ち会った後、諸々《もろもろ》のことを仕切ったのは其角である。

芭蕉の葬儀の後、其角はすぐに江戸へ帰ったわけではない。

十月十八日に、義仲寺《ぎちゅうじ》で追善《ついぜん》の百韻《ひゃくいん》が興行されたおりには、その発句《ほっく》、

なきがらを笠に隠すや枯尾花《かれおばな》

を詠《よ》んでいる。

この後も、其角はしばらく京にとどまって、この日の句をもとにした、芭蕉の追善集『枯尾華《かれおばな》』を編纂《へんさん》した。十一月十二日には、京都の丸山量阿弥亭《まるやまりょうあみてい》で、芭蕉の死を知って上京してきた嵐雪《らんせつ》、桃隣《とうりん》を迎え、芭蕉追悼の百韻を興行している。

その後も、江戸へ帰る途中、熱田《あつた》において、鷗白《おうはく》、露川《ろせん》、湘水《しょうすい》たちと、表八句を作成している。

結局、其角が江戸の土を踏んだのは、十一月の末であった。

ふたりの横に置かれた火鉢の中では、盛んに炭がおこって、その上に掛けられた鉄瓶からは、音をたてて湯気があがっている。

江戸は、冬であった。

其角が、芭蕉がその死のぎりぎりまで発句に執念を燃やしていたことを語ると、

「結局、最後まで竿《さお》を握ってくたばったってえわけだなァ……」

しみじみと、朝湖は言って、杯をようやく口に運んだ。

「まあ、そんなに悪い死に様じゃあねえ……」

「ええ」

うなずいた其角に、

「おい、其角よう――」

朝湖が、珍らしい風景でも眺めるように、其角を見やった。

「はい――」

「てめえ、面《つら》つきが変ったぜえ」

「面つきが？」

「なんてえのか、こう、胆《はら》が据《す》わったような感じだよう――」

「そうですか」

「首ィ斬《き》られる覚悟した人間てえのか、戦《いくさ》に出る前《めえ》の人間の面つきってえのか、胆ァ括《くく》った人間の顔だな、そりゃあ――」

「朝湖の兄貴――」

其角は、真顔で身をのり出した。

「おう」

「兄貴は、何のためだったら、死ねます？」

「なんでえ、突然に」

「投竿翁《とうかんおう》――なまこの新造は、竿を握ってくたばった。芭蕉先生は、発句を握ってあの世へ行った。兄貴は死ぬ時に、何を握ってあの世へ行くんで……」

「絵筆と言わせてえのかい、其角よう」

「いえ、そういうわけでは……」

「女の上にのっかって、両の乳房《ちち》をこう摑《つか》んで、顔をそこに埋《うず》めるようにして、おらあくたばりてえ――」

朝湖は笑った。

「おめえはどうなんだい、其角よう――」

「あたしは……」

そう言って、其角は言葉を切った。

何やら考えている様子である。

朝湖は、それを眺めながら、

「人間、生きてりゃあ、誰だって色々あらあ。その色々あった挙句のどんづまりでくたばるんだ。そん時、どうやってくたばるか、何をその手に握ってるのかなんざあ、誰にもわからねえ。わからねえが、しかし……」

自分の杯に酒を注《そそ》いだ。

「そんななァ、神サンか仏サンにでもまかしときゃあいい……」

朝湖は、杯の酒を口に流し込んだ。

其角は、それを眺めながら言った。

「兄《あに》さん、話を変えるようで、申しわけねえんですが、あたしゃ、この頃、よく思うことがあるんで——」

「なんだい」

「人間ってえのは、所詮《しょせん》、糞袋《くそぶくろ》じゃあねえのかって——」

「糞袋？」

「口からおまんま食って、尻から糞をひる。こらあ、天下の将軍様だって、吉原の別嬪《べっぴん》だって、そこらのガキだろうが、爺《じじ》いだろうが、無宿人《むしゅくにん》だろうが、みんなおんなじだ——」

「そりゃあ、そうだ」

「どんなに綺麗な衣服《べべ》を着てようが、御大層《ごたいそう》な冠をかぶっていようが、人の胆ん中ァ、糞と欲とで詰まってるもんだろう」

「おれなんざあ、糞よりもその欲の方がいっぺえ詰まってらあ――」

「その欲なんだが、兄さんよう……」

「なんだ」

「女だか、釣りだか、俳諧だかは知らねえが、人は、何かに狂《くる》うもんだろう」

「ああ」

「欲だかどうだかはわからねえが、その狂《きょう》の字が、糞にまみれて、人の胆ん中にゃあ、転がってるんじゃあねえのかねえ」

「狂か……」

其角は、貞享《じょうきょう》三年（一六八六）――八年前に出した『新山家《しんさんが》』で、狂雷堂《きょうらいどう》という堂号を使っている。それを、元禄《げんろく》四年（一六九一）になってから、狂而堂《きょうじどう》と改めている。どちらにも使われているのが、その狂の字である。

「そう言やあ、其角よう、あの投竿翁の竿にも、狂の字が入《へえ》ってたなァ……」

投竿翁の名を聴いて、ふいに何か思い出したように、其角は遠い目つきになった。

「兄さん」

「どうしたい、其角――」

「釣りに、行きてえねえ……」

腹の中に溜《たま》っていたものを、吐き出すように其角は言った。

「そうだな、行きてえな……」

「行きてえ」

切なそうに、身をよじるようにして、其角は言った。

「釣りに行きてえよなあ、其角よう……」

朝湖は、また、杯の酒を乾《ほ》して、

「そうだ、其角よう、おめえにひとつ、言っとくことがあったんだ」

そう言った。

「何です？」

「おめえのいねえあいだに、城勤《しろづと》めをすることになった……」

「城勤め？」

「城坊主《しろぼうず》だ」

「それは、御城坊主衆ってえことですか――」

「まあ、そうだ」

「そりゃあ、またいったい何で？」

「ふみの屋さんが、図《はか》ってくれたんだよ」

「ふみの屋さんが」

「そうだ一度、将軍様の面ァ直《じか》に拝んでみる気はねえかって、紀伊国屋《きのくにや》の旦那を通じて話を持ってきてくれたんだよ」

「それは、いつ決めたんで？」

「たった今だ」

「今!?」

「おめえの面ァ見てるうちに、決心がついたんだ」

「兄貴、くれぐれも気をつけて、お勤めを頼みますぜ。短気をおこして、何かしくじっちまったら、とりかえしがつかなくなるかもしれねえ」

「なるようにしかならねえ――」

朝湖は言った。

「それに、なんとかなるもんだ。そういうものはよ――」

朝湖は、杯にまた酒を満たし、口から腹へ、直接放り込むようにして、それを飲んだ。

二

同じ頃――

――釣りに行きたい。

身悶《みもだ》えするような様子で、そう言っている人物がいた。

津軽采女《つがるうねめ》である。

采女は、自宅で、桶《おけ》に閉じ込められた魚のように、苦しそうに口を動かしては、

「釣りに行きたい――」

と、兼松伴太夫《かねまつともだゆう》につぶやいていた。

「なりませぬ」

兼松伴太夫は、頑《かたく》なに首を左右に振った。

「何故じゃ」

「観世新九郎《かんぜしんくろう》殿の例もござります。近頃では宝生三郎左衛門《ほうしょうさぶろうざえもん》殿も、釣りのことが露見《ろけん》して捕えられました――」

「わかっている」

宝生三郎左衛門は、能楽の人間で大鼓《おおつづみ》を打っていた人間である。釣りを終えて、陸《おか》へあがる時に、釣り道具と釣った魚を役人に見られ、その場で御用となった。

その知らせを、采女のところへ持ってきたのも、伴太夫であった。

「本来であれば、今頃は、秋に釣った沙魚《ハゼ》を干して、煮て、食べている頃ではないか――」

「左様でござります」

「何で、釣りができぬのか――」

「わたしに言われても困ります」

伴太夫は、ほとほと弱った顔つきでそう言った。

「なんとか、ならぬものか、伴太夫よ……」

采女の声は、切ない。

采女は、だだっ子のようになっている。

言っても詮《せん》ないことと承知の上で、それを口にしているのである。

伴太夫に甘えている。

「また、鉄砲洲《てっぽうず》にでも、お出かけになられますか――」

昨年、側小姓《そばこしょう》を正式に辞したおり、丸ノ内の屋敷をひきはらって、その年のうちに、采女は、本所三《ほんじょみ》ツ目橋《めばし》通りに、二千坪の土地を拝領して、そこに新居を構えている。

堅川《たてかわ》が、屋敷のすぐ横を流れていて、そこへ船を浮かべれば、そのまま海へ出ることもできる。

屋敷から、二町ほどいった一《ひと》ツ目橋《めばし》通りには、義父、吉良上野介義央《きらこうずけのすけよしなか》の屋敷もある。

いつでも義父に会いにゆけるし、また、いつでも釣りにも行ける環境にありながら、釣り船禁止令があるため、采女は竿を握れずにいるのである。

「そう言えば、十日ほど前にも、鉄砲洲へゆかれましたな」

伴太夫は言った。

鉄砲洲へゆき、そこで長太夫《ちょうだゆう》と話をする——それが、采女にとって、釣りのかわりとなっている。

「行った……」

采女はうなずいた。

そして、何か思い出したように言った。

「鉄砲洲で思い出したが、あの時、あそこで見たお方がいたろう——」

「はい、あぐり様でございますね」

「そうじゃ」

采女はうなずいた。

十日前、采女が、伴太夫をともなって、鉄砲洲へ出かけているのは、伴太夫に言われた通りであった。

長太夫の小屋にゆき、そこで海を眺めながら、ひとしきり話し込んだ。

その帰り道に、出会った女がいたのである。

出会った、と言っても、向こうは駕籠《かご》の中であり、顔をちらっと見ただけだ。

それも、〝あぐり〟という名を耳にして、そちらへ顔を向け、その女と眼が合ったのである。

長太夫の小屋を出てから、采女と伴太夫は、海を眺めながら歩いていた。

そのため、最初は気づかなかったのだが、

「いかがでござりまするか、あぐり様……」

そういう声が、采女の耳に入ってきたのである。

普通であれば、気がつかぬほどの距離であり、言葉がやっと聴きとれるかどうかという声であった。それが、采女の耳に入ったのは、〝あぐり〟という名が、その声の中に入っていたからである。

〝あぐり〟は、采女の死んだ妻の名であった。

そちらへ眼をやると、大名が乗るような立派な駕籠がひとつあって、その周囲に、五、六人の武士が立っていた。

その武士のうちのひとりが、駕籠の中にいる人物に声をかけたのだとわかった。

中央の小窓が開いていて、そこに掛かっていた簾《すだれ》が持ちあがっており、そこから女の顔が覗《のぞ》いていたのである。

その女と、一瞬、眼が合った。

すぐに、女は眼を伏せて、簾を下げたのだが、その一瞬で、采女はその女の貌《かお》を脳《のう》裏《り》に焼きつけていたのである。

ほっそりとした女であった。

歳《とし》の頃なら、二十歳《はたち》を幾つか出たくらいであろうか。

しかも、その女の顔は、采女の妻であった阿久里《あぐり》に、驚くほどよく似ていたのである。

しかも、その顔に痣《あざ》があった。左眼の周囲だ。どういう時にそういう痣ができるかを采女は知っていた。

たれかから、そのあたりを殴られた時だ。妻に似た女の顔にできた痣。

もちろん、それが、妻の阿久里であるはずもなく、似ているとはいっても瓜《うり》ふたつというわけではなく、別人であるのはわかっている。

だが、似ているというのは、間違いではない。

慌てて、采女はその場で、伴太夫とともに頭が下げたのだが、頭を下げているうちに、駕籠は持ちあげられ、担がれていた。

そして、その場から、駕籠と武士たちは、立ち去っていってしまったのである。

「どちらのお方でござりましょうか——」

駕籠が見えなくなってから、伴太夫が言った。

伴太夫にも、女の貌が見えたらしい。

「紋がなかった……」

もしも、これが大名駕籠なら、駕籠に紋がついているはずであり、どこの屋敷のものかすぐにわかるのだが、それがわからない。

それでそのままになっていたのだが、

「あのお方が、どちらの方かわかった……」

采女は言った。

「どうやって、お調べになられたのでござります?」

「昨日、義父上《ちち》のところへ出かけたおり、その話をしたのじゃ——」

「ほう」

「そうしたら、義父上が、あぐりなら、浅野《あさの》様の妻女の阿久里《あぐり》殿ではないかと、そう教えて下されたのじゃ」

〝あぐり〟は、采女の義父である義央の娘と同じ名であり、それで、たまたま耳にした〝あぐり〟が、もうひとり、浅野家の妻女阿久里であったことを知ったというのである。

「不思議な縁ではある」

義央はそう言った。

帰り際に、

「婿《むこ》殿よ……」

義央は、采女に声をかけてきた。

「くれぐれも、辛抱《しんぼう》が肝心《かんじん》でござるぞ。そのうちにまた、良き風も吹こう。このわしも、できるだけの手を尽《つ》くして、そなたをなんとか引きあげる手だてを捜しておるでな——」

義央は、采女の肩を、軽く、ぽんぽんと二度叩《たた》いて、うなずいてみせた。

「なるほど、吉良様が……」

「そうじゃ」

「しかし、浅野様なら、あの鉄砲洲のすぐお近くでござりますな……」

伴太夫の言う通り、浅野の屋敷は、鉄砲洲を眺めた時、背後の方角の、すぐ裏手《うらて》にあるはずであった。

「どれだけ近くであろうと、まさか、鉄砲洲へ、浅野様の妻女が、徒歩《かち》にて出歩くというのは、はばかられたのであろう」

「それはそうですが、では、あそこで何をなされていたのでござりましょう」

「そこまで、わかるものか――」

「それも、そうでござりまするな」

釣りに行きたいという話が、〝あぐり〟のことで、いったんどこかへ行っていたのだが、その話が済むと、またもや、采女は、溜《た》め息《いき》をついた。

「阿久里殿もまた、釣りがお好きで、わしのように、釣りのできぬ淋しさを、あそこからああやって海を眺めることで、まぎらわせていたのであろうよ」

また、釣りの話になっていた。

伴太夫は、うんざりした顔になった。

「なあ、伴太夫よ――」

「なんでございます」

「綱吉《つなよし》様じゃが、今、お幾つになられるのか？」

「はて――」

伴太夫は、しばらく首を傾《かし》げて考えてから、「今年で四十九歳になられるかと――」

そう言った。

「このわしと、二十一違うか――」

「何のことでございます」

「綱吉様とわしと、同じ歳まで生きるとすれば、二十一年ほどは釣りができるか――」

「は？」

「生類憐《しょうるいあわれ》みのこと、天下の悪法なれば、綱吉様がおかくれになられれば、すぐになくなるであろうということじゃ……」

「采女様……」

悲鳴のような高い声を、伴太夫はあげた。

将軍綱吉が亡くなれば、釣りができる、綱吉が亡くなればいい——采女はそう言ったことになる。

「今の言葉、わたくしは耳にいたしませんでした。采女様も、二度と口になされてはなりません」

「承知じゃ……」

采女はうなずき、

「せいぜい、長生きをしよう。それしか今は、望みがない……」

力のない声でそう言った。

巻の十五　島流し

一

多賀朝湖《たがちょうこ》は、いかつい背を丸めて酒を飲んでいる。

つるりと剃《そ》ってある頭が、午後の陽《ひ》を受けて光っている。

舟の上だ。

船頭の仁兵衛《じんべえ》が、艫《とも》で煙管《キセル》を吹かしている。

品川の沖だ。

舟端から、海中へ糸を下ろし、魚信《アタリ》があれば、それをしゃくって糸を両手でたぐり、魚を釣りあげる。

釣った魚は、仁兵衛が舟の上で捌《さば》いて刺し身にする。それを箸《はし》でつまんで醤油《したじ》に浸《つ》け、口に運ぶ。

今、食べているのは、しばらく前に其角《きかく》が釣りあげた鯛《たい》であった。

竿《さお》を使ってないので、遠くから見たら、何をしているかわからない。釣った魚は、舟の上で食べてしまい、骨や頭は、帰る時には捨ててしまう。これで証拠は残らない。糸や鉤《はり》の仕掛けが、漁師である仁兵衛の舟にあってもいいが、釣った魚が残っているのはまずい。

だから、魚を捨てるのである。

頭を捨てる時には、いつも、

「ああ、あれを煮つけりゃ、まだ食えるところがいっぺえあるのによう」

朝湖がくやしそうに言う。

以前のように、いつもというわけにはいかないが、時おり、朝湖と其角は、仁兵衛の舟で沖へ出る。

誰にでも仁兵衛が舟を出しているわけではないが、其角と朝湖が客の時は、仁兵衛も胆《はら》をくくっているらしい。上手にやれば、まず見つかることはないが、

「どうにも、こそこそやるってなあ、人間が小さくなっちまうようで、気分がよくねえや」

朝湖が言う。

「せっかく釣った魚を逃がしてやるってのも、気分がいいんだか、悪いんだか……」

其角が言う。

口ではぶつぶつ言っているが、久しぶりの釣りで、そこそこに、其角の機嫌はいいようである。

生きた魚を持って帰ると、役人たちに咎《とが》められた時、そこに証拠が残ってしまう。たとえ仁兵衛が、これは自分の釣ったものだと主張したとしても、漁師ではない人間が同じ舟に乗っていたのでは、その主張も通らないことがある。

だから、せっかく釣った魚であっても、喰わぬ分は、海に逃がしてやっているのである。

朝湖が御城坊主《おしろぼうず》になってから、すでに年も変わり、翌年の春になっている。

陽差しはうららかで、陸地へ眼をやれば、御殿山《ごてんやま》のあちこちに、桜が咲いているのが見える。

「で、兄貴《あにき》、御城勤めの方はどうなんです?」

其角が訊《たず》ねた。

「どうたって、どうってこたあねえや。気楽なもんだ」

舟縁《ふなべり》から出ている糸を、指でつまみながら、うねる海面を眺めている。

御城坊主といっても、僧という意味ではない。朝湖は、
江戸城にあって、登城してきた大名たちや重役、将軍の世話をしたり、調度を整えたりするのが役目で、彼らの無聊《ぶりょう》をなぐさめるため、話し相手になったり、芸を披露《ひろう》したりもする。

お茶坊主、お数寄屋《すきや》坊主などとも呼ばれたりして、茶道——お茶事の接待を担当する。

奥坊主と言えば、将軍の私的な部屋まわりの世話を務め、御土圭《おとけい》役坊主は、時計の担当であり、御用部屋坊主と言えば、重役の執務室の世話をすることになる。

身分こそ高くないが、将軍の側《そば》近くに仕え、時に言葉を交すこともあり、これは、津軽采女《つがるうねめ》が務めていた側小姓《そばこしょう》とも近い立場にある。

てっとり早く言えば、雑務係りというところなのだが、お数寄屋坊主に嫌われると、将軍に何を言われるかわからないので、低い身分ながら、大名たちも坊主衆にはそこそこに気を遣ってくれる。

朝湖がやっていたのは、お数寄屋坊主であり、茶の席にいることが、自然と多くなる。

茶道、連歌、碁、水墨画など、それぞれの道の達人がこの役に就くことが多く、自分が身につけた芸を披露する機会も幾度となくある。

「そなたの得手《えて》は何じゃ」

と問われ、

「絵でござります」

と答えれば、

「何か描いてみせよ」

そう言われて、朝湖も、何度か筆を握ったことがある。

「絵は、こちとらの本職でえ。猿を描けと言われりゃあ、猿が樹の枝で遊んでる絵を描き、魚と言われりゃあ、海の底で、鯛や平目が貝を石にみたてて碁でも打っている絵を描きゃあいい。そんななあ、眼つむってたって描けらあ」

「へえ」

「それよりもよ、其角。おいらの話で、大名《でえみょう》たちに一番悦《よろこ》ばれる話があるんだが、それがどういう話だかわかるかえ――」

問われてちょいと頭をひねってみせた其角、

「わからねえ。教《おし》えてくんなよ、兄《あに》さん」

すぐに降参をした。

「おもしろくねえなあ、其角よう。こうい時ゃあ、わかんなくたって、ひとつふたつは答えてからそう言うもんだ」

「兄さんが訊くくれえだ、絵や茶の話じゃねえとは見当がつくんだが、その先がわからねえ。何なんだい」

「吉原《なか》の話だよう」

「吉原？」

「ああ」

「なるほど、そうか。お大名だからって、そうそう大っぴらにああいう所へ出かけていくわけにゃあいかねえだろうからなあ」

「そういうこった」

「吉原でしくじった伊達《だて》様の例もあらあ――」

「三浦屋の高尾太夫に入れあげて、身請けしたはいいが、太夫にゃ間夫《まぶ》がいた。怒った伊達様が太夫を逆さ吊りにして斬り殺したってえことになったら――」

「兄さん、冗談だろう。そりゃあ、団十郎《だんじゅうろう》にでも話をして、芝居《しべえ》にしたらいい話だ」

「団十郎に、色悪《いろあく》の殿さんをやらせるのもおもしれえが、こいつは市村座だろう――」

ふたりは笑った。

むろん、この頃、大名の吉原行きは、なかったわけではない。

それは、二年前の元禄《げんろく》六年（一六九三）に、大名旗本の吉原通いの禁止令が出たことからもうかがえるが、しかし、大っぴらに大名が吉原に出入りすることは、幕府にとっては好ましい事態ではなかった。

城にあがった大名も、大名どうしで吉原の話をするわけにはいかないが、茶坊主が、吉原の様子をおもしろおかしく話す分には問題はなかったのである。

しかし、十代で家督を継いだ仙台藩第三代藩主伊達綱宗《つなむね》が、吉原に通いつめ、放蕩《ほうとう》が過ぎたことから、二十一歳で隠居させられて、後の伊達騒動の原因となったのは、すでに知られた事実であった。

この伊達騒動を下敷にした歌舞伎狂言『伽羅先代萩《めいぼくせんだいはぎ》』が、板の上に初めてのるのは、まだしばらく後のことだ。

「お大名だろうが、茶坊主だろうが、裸になりゃあおんなじでえ――」

朝湖は言った。

「所詮糞袋《しょせんくそぶくろ》だって、先《せん》に言ったじゃあありませんか」

其角は言った。

「で、その大名たちがよ、吉原《なか》を案内しろとうるせえのさ」

「してやったらいい」

「そんときゃあ、太鼓持ち朝湖の出番だ。民部《みんぶ》や半兵衛《はんべえ》も呼んで、派手にいこうじゃねえか――」

　ここで、朝湖が口にしたのは、仏師《ぶっし》の民部や、村田《むらた》半兵衛のことで、ともにこのごろの朝湖の遊び仲間である。

「兄さん、そんときゃあ、この其角にも声をかけてもらいますよ」

「もちろんでえ」

「ところで兄貴、将軍様とは、まだ、口を利いちゃあいねえんで？」

　其角が話題をかえて言った。

「まだだよう。御尊顔《ごそんがん》は何度か見たがな――」

　口を利くも何も、いつも接する機会があるわけではなく、接する時があっても、茶坊主の方から話しかけるということはない。

　話をしてもよいのは、綱吉《つなよし》の方から求めた時であり、こちらから勝手に話しかけて話題を持ちかけることはできなかった。

「そう言やあ、この前見た時ゃあ、なんか上機嫌だったなア」

「上機嫌？」

「犬囲《いぬがこ》いだよう」

「あれが、できあがったんで？」

「できあがりそうなんだよ。中野にな」

朝湖と其角が話題にしている犬囲いというのは、飼い主のいない犬を一ヵ所に集めて飼う施設のことで、もともとは、四ツ谷《よや》・大久保《おおくぼ》にあった。

これが手狭《てぜま》になったため、中野に犬を飼うための巨大施設――犬囲いを造っていたのである。

その広さは、最盛期には三十万坪となり、十万頭に近い犬がそこで飼われていたのである。

年間の飼育費用は、九万五千両にもなった。

その犬囲いが、いよいよできあがるというので、綱吉の機嫌がよかったと、朝湖は言っているのである。

「まあ、悦んでいるなあ、お城だって、将軍様お独《ひと》りよ。胆《はら》ん中あ、みんな、苦《にが》りきってるのがよくわかったぜ。城勤めをしていてよかったなあ、それがわかったたってえことだ。釣り船禁止のことだって、それを言ってるお独り様が亡くなりゃあ、終るってえこった」

「兄さん、そりゃあ、陸《おか》じゃあ口にしちゃあならねえよ」

広い海の上だというのに、周囲を見回すようにして、其角は言った。

「わかってらあ」

「ならいいが、兄さん、時々、口が滑《すべ》る時があるからね」

「其角よう」

「なんです？」

「せいぜい、長生きしようぜえ。あいつより長生きするこった。そうすりゃあ、大っぴらに、またみんなで釣りができるようになる」

朝湖が言った時、

「あっ、きやがった」

其角が、右手につまんでいた糸をしゃくりあげた。

その手が引きもどされ、手首まで海中に引き込まれた。其角の握り拳《こぶし》が、海面下で右に左に躍っている。

「で、でけえっ」

其角の声は、うわずっていた。

「糸を送り込め、切られちまうぜ」

朝湖が言った時、其角の手が、海面から天に向かって跳ねあがった。

「あーっ……」

情けない声を、其角はあげた。

「切られた……」

魚があばれて、糸がそれに耐えきれずに切れてしまったのだ。

「だから、糸を送り込めと言ったろう」

「しかし、兄さん、そんな間はなかった。とてつもねえ大物だよう」

「逃がしやがって――」

「目の下一尺はある鯛だ」

「見たのか」

「見た」

「嘘言え」

「見た。海ん中の深《ふけ》えところで、ぎらっと腹を光らせた。ありゃあ、目の下一尺だ」

「わかるもんけえ」

「目が信用できねえんなら、この手が見た。あの重さは、さっきの十倍《じゅうべえ》はあった……」

「竿がありゃあなあ……」

朝湖は言った。

竿があれば、竿の弾力で、なんとか糸を切らずにこらえることができる。しかし、腕では、限度がある。

「あきらめろ、其角。おれが、もっとでけえのを釣ってやらあ」

「そいつはいけねえ。ありゃあ、おれのだ」

「ばか、今逃げたやつは、もう喰いつかねえよう」

「他のだっていい。ここんとこ、釣り舟は昔ほどは出ちゃあいねえ。それで、でけえのが残ってるんだ」

「釣り船禁止のお触れも、そういう功徳《くどく》があったか――」

朝湖は、そう言って、ほんの少しだけ笑ってみせた。

しかし、綱吉は、さらにまた、元禄十一年（一六九八）九月、生類憐《しょうるいあわれ》みの新しいお触れを出したのである。

一、前々より被仰出候、猟師之外、殺生仕間敷旨相触候、弥以堅相守可申候

一、殺生道具、猟師之外江堅商売仕間敷候
　右之趣相背候者於有之ハ、急度曲事可申付者也
　　寅九月廿五日
　右御触町中連判

二

多賀朝湖が、放蕩の仲間としていた人物に、仏師《ぶっし》の民部《みんぶ》と、医師の村田半兵衛《むらたはんべえ》がいる。

民部は、鎌倉仏師民部の二十二代目で、不動明王《ふどうみょうおう》、愛染《あいぜん》明王、毘沙門天《びしゃもんてん》などを彫《ほ》らせたら、天下の名人であった。

当時知られていた浅草　雷　門《かみなりもん》の風神、雷神の両像はその父親である二十一代民部の作であり、二十二代民部の腕は、その父を凌《しの》ぐと言われていた。

この民部が、父を凌いでいたものがもうひとつある。それが、遊芸の道であった。元来の放蕩者で、幇間《ほうかん》としての名の方が、仏師としての名よりも高かった。

若い頃、日光東照宮普請《ふしん》に関わって、争いごとに巻き込まれ、人を雇ってその相手を殺してしまったことがあった。

しかし、仕事がら、貴人に知りあいが多くいて、重い罪には問われず、江戸払いということですんでしまった。それで、本来ならば江戸に住めないところ、本庄安芸守資後《ほんじょうあきのかみすけとし》の長屋に、遊扇《ゆうせん》と名前を変えて三年ほど住んでから、居《きょ》を本石町《ほんごくちょう》に移している。

村田半兵衛は、医師の息子で、自《みずか》らも病人の脈をとるが、半兵衛がより多く握ったのは病人の手ではなく、女の手であった。

色白で、細身。

今業平《いまなりひら》と呼ばれるほどの美男であった。

歌を詠《よ》む風流人《ふうりゅうじん》であり、茶の湯、蹴鞠《けまり》を能《よ》くし、よく口にしていたのが、

「吉原《よしわら》の女郎《じょろう》数千人、その名前、貌《かお》、齢《とし》、色客《いろきゃく》の名、その他吉原中のこと、何であれ全て覚えておる」

という台詞《せりふ》である。

朝湖は、このふたりと三人でつるんで、何度となくお上の眼を盗む遊びをした。

朝湖が最初に知りあったのが、仏師の民部であった。知りあった場所は、深川の芭《ば》蕉庵《しょうあん》である。

ある時、芭蕉の門人《もんじん》の集まることがあって、朝湖は其角と共にそこへ顔を出している。そこで、朝湖は初めて民部を見たのである。

民部は、芭蕉の門人であったわけではない。たまたま嵐雪《らんせつ》と知りあった民部が、

「近頃評判の芭蕉翁《ばしょうおう》の顔を一度拝ませてもらいてえ」

と頼み込んで、あっという間に彫ってのけた、手に載るほどの毘沙門天の像を手土産《てみやげ》にして、芭蕉庵を訪ねたのである。

民部と朝湖は、互いに名は知っている。吉原で遊んでいれば、いやでも民部、朝湖の名は耳にする。

ある時、金を持たずに吉原の茗荷屋《みょうがや》へあがって、三日間、さんざ遊んだあげくに、朝湖、

「金はない」

そう言った。

絵筆を用意させ、たちまち部屋の襖《ふすま》に風神、雷神の絵を描いてのけた。

この絵がふるっている。

風神は、この頃評判の遊女の大蔵《おおくら》というのに似せて描き、雷神の方は自身の顔に似せて描いた。

この絵が評判を呼んで、上客が増え、茗荷屋は充分にもとをとったという話である。

民部の方にも似たような話がある。

こちらは、金が無いとは言わなかった。

部屋へ通されるなり、用意してきた鑿《のみ》と槌《つち》を取り出して、そこの床柱《とこばしら》にいきなり像を彫り出したのである。

彫りあがったのは、なんと、毘沙門天が愛染明王と交合している像であった。毘沙門天が、愛染明王の衣の裾《すそ》をめくりあげて、後方から大きな魔羅《まら》をその秘所へ押し込んでいる。

主人を呼んで、

「この分だけ遊ばせろ」

そう言って、民部は悠々《ゆうゆう》と酒を呑《の》みはじめた。

今をときめく名人民部の像である。

二日、三日、四日居続けても主人は、

「ここまでがお代でございます」

と言わない。

五日目に、

「このくらいであろう」

と民部自らがそう言って、帰っていったというのである。

互いに互いのそういう話は耳にしている。

このふたりが、芭蕉庵で知りあって、馬があってしまった。

それで、企《くわだ》てたのが、ふたりに言わせれば、

「ありゃあ、お上と遊んでやったんだよう」

という『百人男』なる遊びである。

遊び、といっても命がけだ。

江戸で、皆に知られている名のある者たちを、上は将軍様から歌舞伎役者までひとりずつ百人、百人一首の歌をもじってざれ歌にし、揶揄《やゆ》し、批判して、しかもそれに絵をそえたのである。

これを、朝湖と民部でやったのである。

この遊びを企てた時、

「おい、遊扇、どこかにてごろな場所はねえか」

と言ったのは朝湖である。

遊扇というのは、民部の新しい名前であることはすでに書いた。

「場所ってえと、何の場所だい」

「人にわからねえように、こいつを書く場所だよう」

何しろ、お上を愚弄《ぐろう》する本を作ろうというのである。万一、作者がわかってしまったら、命が危ない。自宅ではこれをやることはできない。何の関係もない人物の家で、しかも、ひそかにこれをやらねばならない。

捜していると、

「自分の家を使ってもよい」

という者が現われた。

民部の家の裏手《うらて》に住む和翁《わおう》という絵師である。

さっそく、和翁の家で、それを書いた。

歌の下書きも、絵も、わざと手を変えて描いた。

それを見ていた和翁が、

「清書は自分がやろう」

そう言って、民部と朝湖が作った歌を清書した。

これがなかなかの達筆《たっぴつ》である。

この本が世に出て評判になった。

朝湖と民部は、黙っていたのだが、思わぬことから足がついてしまった。

和翁が、あちらこちらで、

「あれはおれが書いた」

そう言いふらしたためで、たちまちお縄《なわ》となった。

捕えられた和翁は、

「たしかにあれはわたしが書きましたが、自分は清書をしただけで、実際に書いたのは多賀朝湖と遊扇でござります」

全てを白状《はくじょう》してしまった。

すぐに朝湖と民部は捕えられたが、いずれも、

「覚えがござりません」

と白《しら》をきり通した。

役人が、それぞれ三人の家にあがって捜してみたが、朝湖と民部の家からは何も出てこない。和翁の家からは、書き損じやら、下書きやら、証拠となるものが次々と見つかった。

これで、朝湖と民部は釈放《しゃくほう》されたのだが、和翁は死罪となった。

縄付きで、白州《しらす》から立ちあがる時、和翁はもの凄《すご》い眸《め》でふたりを睨《にら》み、

「ぬしら、罪をこの我ひとりにぬりつくる気か」

と大声で叫んだという。

哀れだが、これは仕方がない。

和翁が勝手にしゃべり、朝湖と遊扇の名まで口にしてしまったのだ。ふたりとしては、自分たちは知らぬと言いはるしかない。

やがて、朝湖と民部の悪仲間に加わったのが村田半兵衛である。

三

元禄《げんろく》六年（一六九三）八月十八日——

朝湖は、小伝馬町《こでんまちょう》の牢《ろう》の中にいた。

八月十五日、深川八幡《はちまん》の大祭《たいさい》の日に、紀伊国屋文左衛門《きのくにやぶんざえもん》らと遊んで、その翌日に〝はまの屋〟の二階で目覚め、釣り船禁止の令が出たことを知らされ、それを憤《いきどお》って、その夕刻、其角の自宅で酒を呑んでいる時に、捕り方がやってきて、朝湖のみが捕えられたのである。

小伝馬町の牢に入ってみれば、すでに、民部、半兵衛も捕えられていたことを、朝湖は知ったのである。

三人一緒に同じ牢に入れては、取り調べの時には口裏を合わせられるであろうと考え、三人は別々の牢に入れられた。

その、朝湖の入っている牢に、八月十八日、其角が訪ねてきたのである。

紀伊国屋が裏で金を積んで手を回したからこそ実現したことである。

牢番が、

「厠《かわや》じゃ」

そう言って持ち場を離れた時に、其角がするりとやってきたのである。

「兄《あに》さん」

と声をかけると、すぐに朝湖は気がつき、

「おう、其角かい」

思ったより元気そうな声で、格子《こうし》の側《そば》までやってきた。

「とんでもねえことになっちまったねえ」

其角は言った。

「どうってこたあねえ。どこにいたって、人間やることあ一緒だ。飯食《めしく》って、糞して、寝るだけよ」

　朝湖はうそぶくように言った。

「兄さん、短気起こして、なんか危ないことを口にしちゃあならねえよ。紀伊国屋の旦那や、ふみの屋さんが、手ェ回しているところだからね」

　すでに、其角は、今回の朝湖入牢《じゅろう》の事情は知っている。

　なんとか、穏便《おんびん》に朝湖たち三人を、牢の外へ出そうとしているのだが、取り調べの時に、短気を起こしてお上の悪口を言ったり、罪状を重くするような発言をしたりしないように、釘《くぎ》を刺しに来たのである。

「せっかく、世の中の金まわりをよくしてやったってえのに、無粋《ぶすい》なことをお上もするもんだぜ。なあ、其角よう……」

　ひやひやするようなことを、朝湖は格子の向こうから言った。

　こういうことだ。

　一年ほど前、井伊《いい》伯耆守《ほうきのかみ》が、家督《かとく》を継ぐことがあって、納戸金《なんどきん》三万両の譲り金を受けたというのである。

　この井伊家に出入りしていたのが、朝湖、民部、半兵衛の三人であった。

　三人とも、吉原では名の知れた幇間であり、井伊伯耆守に対しては、吉原指南役《しなんやく》といった立場にあった。

この三万両、どこまで使わせることができるか——というのが、朝湖、民部、半兵衛の新しい遊びになったのである。

一度出かければ、百両は伯耆に使わせた。

まず、出る時に、遊扇——つまり民部に百両の金を伯耆が預ける。

茶屋で、ちょっと腰を下ろしただけでも、二両、三両という金を置いてゆき、遊所、悪所で、撒《ま》くように金を使った。

帰る時に、伯耆が預けた金は、五両残ればよい方であった。

伯耆は、江戸の妖怪、化け物のような三人に憑《つ》かれてしまったのだが、憑かれた本人は気づいていない。

たとえばこれが紀伊国屋であれば、何もかも心得てのことであり、ある意味、この三人と同類の妖怪である。しかも使った分は商《あきな》いで稼《かせ》ぐことができるが、伯耆の方はそうではない。

完全にこの三人にたらされてしまっている。

「こんど、月見はいかがでござりましょう」

と、まず水を向けたのは民部である。

「月見か。何かよい趣向《しゅこう》はあるか」

すっかりたらされてしまっている伯耆は、自分が数寄者《すきしゃ》になったつもりでいるが、自分で何かを企画する能力はない。

「ござります」

と、澄ました顔で言ったのは、半兵衛である。

「わたしが、月見の鄭曲《うた》を作りましょう」

と、朝湖はすかさず言った。

「ほう、おまえが曲を？」

「はい。わたしが月見に合わせて新しい曲を作り、それに、あわせて、三味線《しゃみせん》、琵琶《びわ》の名人を呼んで、それぞれ得意の技を御披露《ごひろう》願いましょう」

「たれを呼ぶ？」

「三味線は市川検《いちかわけん》校《ぎょう》様、琵琶は近藤《こんどう》検校様——」

いずれも、当代きっての三味線、琵琶の名手である。

「それはおもしろい」

というので、さっそく三人がだんどりして、月の明るき晩に、それぞれが伯耆の屋敷に集まった。

市川検校と近藤検校、ふたりが自分の控《ひかえ》の間で待っていると、まず、市川検校のところへ、民部がやってきた。

「いかがでござりましょう、今晩、ひとつ、おもしろい趣向を考えておりまするが、これにのっていただけましょうか」

と民部は言った。

「どのような趣向かな」

「まず、今晩の歌びらきの語り出しを、琵琶の近藤検校様に語っていただきます」

「ほう」

平家琵琶にある詞を、

〽しら、　吹上《ふきあげ》
和歌《わか》の浦
住吉《すみよし》　難波《なにわ》　高砂《たかさご》
尾上《おのえ》の月のあけぼのを

と、歌うように口にしてから、

「ここまでを近藤様に琵琶でやっていただいて、その後を、市川様に三味線で受けていただきたいのでございます」

と、遊扇である民部、幇間らしくやや芝居がかった仕種で頭を下げた。

「ううむ」

と、市川検校が唸《うな》るのへ、

「いかがでございましょう」

と、さらに民部が重ねた。

「自分はよい」

と、市川は、低い声で言った。

「しかし、あちらが何と言うか」

三味線より、琵琶の方が、格が上であった頃のことであり、市川がうんと言っても、近藤がいやだと言えば、これは成立しない企てである。

市川が受けて、近藤が受けねば、市川が恥をかくことになる。

もとより、それらは全て承知の上での三人の企てである。

「では、近藤様におたずねしてまいりましょう」

「しかし、この市川がそう言ったと言うてもらっては困る」

「委細承知《いさいしょうち》にございます」

と、民部はそこを辞して、外にいた朝湖に目くばせをした。

朝湖は、うなずいて、その足で近藤検校が控えている間まで出かけてゆき、

「お願いがござります」

と、畳に両手をついた。

「何か」

と言う近藤へ、民部が市川にしたのと同じ話をすると、

「むーむ」

と、近藤は、渋い顔をした。

「平家は、我らが本芸なり。三味線などと混ぜられては、自分はよくとも他の仲間に顔が立たぬ」

「そこを曲げて――」

と朝湖が頭を下げているところへ、

「失礼いたします」

半兵衛がやってきて、朝湖の袖《そで》の中へ何やら入れて、近藤にもわかるように朝湖に耳打ちして、近藤に向かって頭を下げ、すぐに出ていった。

朝湖は、つつつ、と膝《ひざ》で近藤ににじりより、いま半兵衛から受け取ったものを取り

出して、それを、近藤の左袖の中に落とした。

ずっしりと重い手応えは、間違いなく百両の重さがある。

「井伊伯耆守様、今晩のことまことに楽しみにしておりますれば、この顔を立ててなにとぞ、なにとぞ——」

と、朝湖が頭を下げる。

近藤はと言えば、ことさらにいかめしい表情を作り、

「そこまで言われて、伯耆守様の顔をつぶしてしまうのは、こちらも本意ではない。あいわかった」

とうなずいた。

これで、企て通り、近藤検校の琵琶を、市川検校の三味線で受けてという三人の企てが、ここに実現したのである。

伯耆も、これをおおいに悦《よろこ》んだ。

当然の如くに金が出た。

市川検校に百両、そして、朝湖たち三人に百両——近藤検校への分と合わせて三百両である。

「どうでえ」

「やったやった」

「検校様も、金で面《つら》ァ叩《たた》かれりゃあ、うんと言うってえことだ」

この世にある序列を、ひっくり返してやったというのを悦んで、

「使えるだけ使っちまえ」

とばかりに、翌日吉原《なか》へ繰り出して、三人で百両全てを使いきってしまった。

この三人、金のありそうな人間をつかまえては、えげつないほどに金を使わせたが、みごとであったのは、その金で、自分たちの懐を肥やそうとはしなかったことだ。

あれば、あるだけその金を使った。

つまり、年がら年中、朝湖は金がなかったのである。

しかし、遊ぶ金に不自由はしなかった。

この朝湖と、民部、半兵衛が捕えられて小伝馬町の牢に入ったというのは、この後のことであった。

四

朝湖《ちょうこ》を中心にした、民部《みんぶ》、半兵衛《はんべえ》の三人が、大名たちを悪い遊びにつれ出している

のは、当然、江戸城でも評判になっている。

大名は、面目があるから、金はほとんど言いなりに出すことになる。

「吉原《なか》じゃあ、そりゃあきりがよくござりませぬ。百できちんとそろえていただくのが、あそこの寸法に合いましょう」

と言われれば、八十六両ですむところを百両出してしまう。

これを憂えたのが、柳沢保明《やなぎさわやすあきら》であった。

「なんとかならぬものか」

もうひとつ、保明の頭を痛めているのが、

〝馬の物言う〟

の流言《るげん》である。

このところ、巷《ちまた》に出まわっている戯作《げさく》に、『本朝牛馬合戦記《ほんちょうぎゅうばがっせんき》』というのがある。擬人化《ぎじんか》された牛と馬が出てきて、人のように物を言い、江戸を混乱させるという筋《すじ》だての話だ。

これが、保明にはおもしろくない。

そもそも、牛や馬などの動物が物を言って、人間がそれにおろおろするというのは、〝生類憐みの令〟を皮肉《ひにく》るものであり、牛というのは、すなわち、保明自身のことだったからである。

保明の幼名は牛之助《うしのすけ》であり、さらには将軍綱吉は、将軍職に就《つ》く前に右馬頭《うまのかみ》と名のっていた。馬が物を言うというのはつまり、将軍が物を言うという意味であった。いずれも、すでに綱吉の耳に入っており、早急になんとかせねばならないことがらであった。

そういう時に、またもや、朝湖たち三人が、派手なことを仕掛けてきたのである。

なんと吉原《よしわら》にある茗荷屋《みょうがや》の大蔵《おおくら》という女郎を将軍綱吉の生母桂昌院《けいしょういん》の甥にあたる本庄安芸守資俊《ほんじょうあきのかみすけとし》に、身請《みう》けさせてしまったのだ。

この大蔵、器量《きりょう》が特別に優れているという女ではなかったが、そのたたずまいに風情《ふぜい》があり、見識高く、三味線や琴などはもちろんのこと、歌も詠むことができた。漢籍《かんせき》や日本の古典もひと通りは読んで身につけており、たいへんな教養人であった。

この大蔵のもとへ、本庄安芸守資俊を通わせてまず馴染《なじ》みにした。

本庄安芸守資俊も、そこそこに教養はあったので、そこらの女郎と話をするよりは、大蔵と話をする方がおもしろい。

大蔵の方も、そこは心得ていて、知識を無理に披露したりはせず、知っていることであれ何であれ、本庄安芸資俊の方に語らせるようにしむけて、上手に相手を立てるのは慣れたところである。

「あれを身請けしたい」

と言い出したのは、本庄安芸守資俊の方からであった。

もちろん、朝湖たちがそうしむけたのだが、自身はしむけられたとは思っていない。

「どうすればよいのじゃ」

話は簡単ではない。

表だってはできることではないし、本庄安芸守資俊には正妻があるから、当然身請けをしたからと言って、大蔵が妻の座にすわるわけではない。妾《めかけ》——囲いものとして、どこかに手ごろな家を構えて、そこに大蔵を入れねばならない。

それを、あれこれ考え、だんどりをつけて、うまく事を運ばせるのが、朝湖たちの遊びなのである。遊びなりに真剣であり、身請けさせておいて、後は知りませんと放ったらかしにしたりはしない。

最後まできっちり面倒を見る胆で、朝湖たちもことを企てているのである。

「まあ、ざっと千両はかかりましょう」

民部は、本庄安芸守資俊に言った。

民部である遊扇《ゆうせん》が、本庄安芸守資俊とは、一番馴染みが深い。

そもそも、今の民部の妻は、もともとは本庄安芸守資俊の囲いものであった女である。

本庄家の事情には通じている。

今度のことは、本庄安芸守資俊の父親に知られぬよう、首尾を運ばねばならない。

そこで、ひとまず民部が図って、本石町《ほんごくちょう》の貸し座敷へ大蔵を運び、そこへ本庄安芸守資俊を呼びよせることとした。

大蔵の身請金は、九百両であった。

これで、大蔵を身請けして、残った百両を祝儀《しゅうぎ》として吉原でばら撒《ま》いた。

舟で大蔵を運んで、貸し座敷へおちつかせた。

夜になって、朝湖に案内されて、予定通り本庄安芸守資俊がやってきた。

そこで、酒宴となった。

これが評判となり、保明の耳にも入ったのである。

それからほどなく、朝湖、民部、半兵衛の三人は捕縛されてしまったというわけであった。

五

「それが、其角よ、おれらがこうして牢に入れられたなあ、大蔵が一件たあ、別ものでよ――」

と、格子のむこうで、朝湖は言った。

「別もの？」

これは、其角も初耳であった。

「では、何だったんで？」

「例の、馬の物言う一件よ――」

朝湖は言った。

「お白州で、それを聴かされた時にゃあ、おいらも驚いたよ」

白州に引き出されて、朝湖たちが問われたのは、

「多賀朝湖、民部、そして村田半兵衛、その方ら三人、『本朝牛馬合戦記』なる読みもののあること、聴きおよんでいよう」

ということであった。

「存じております」

と、三人が答えると、

「あれを作りて、世に送ったのは、その方ら三人であろう」

そう言われたのである。

朝潮にとっては、寝耳に水であった。

捕われたのは、てっきり、大蔵の一件かと思っていたのだが、考えてみれば、大蔵の身請けのことでは、何ひとつ法を犯しているわけではない。

なるほど、〝馬の物言う〟一件であったかと腑《ふ》に落ちはしたが、罪状《ざいじょう》を認めたわけではない。

朝湖は、『本朝牛馬合戦記』には、まるで関わってはいない。

民部、半兵衛が、朝湖に内緒《ないしょ》でそれをやったかもしれないが、内緒にする理由がない。民部、半兵衛にしても、やってないと口にしている。

やってないことは、やってないと口にするだけで、それを証明する術《すべ》が、三人にはなかった。やったことについては、証拠が残るが、やってないことについては、証拠の残りようがない。

ざっと話を聴いた其角は、

「なら兄さん、何も心配《しんぺえ》はいらねえ。あたしらが必ず、ここから出してさしあげますから――」

そう言った。

其角の言葉通り、ほどなく、朝湖たちは釈放された。

其角たちが、早く朝湖たちを牢から出してくれるよう、嘆願書を書いてそれを提出していたからである。

さらに言うならば、朝湖たち三人が捕縛されたのは、見せしめのためであった。

これ以上、大名たちの足を、悪所《あくしょ》へ運ばせるなという無言の圧力であった。

柳沢保明が、それをするため、〝馬の物言う〟の一件を利用したのである。

これについては、後に真犯人が捕えられている。

幕臣近藤登之助《こんどうのぼりのすけ》組与力筑紫新助《つくししんすけ》の弟で、筑紫園右衛門《そのえもん》という人物だ。

しかし、幕府は、この男を、無宿浪人ということで、翌元禄七年（一六九四）三月に斬首《ざんしゅ》の刑に処している。

朝湖たちは生命《いのち》びろいをしたわけだが、この元禄六年（一六九三）の八月二十九日に、其角の父である東順《とうじゅん》が、七十二歳でこの世を去っていた。

其角は、父の追悼《ついとう》集である『萩《はぎ》の露《つゆ》』をこの年に刊行している。

六

しかし、朝湖たちは懲《こ》りなかった。

まるで、お上《かみ》へのあてつけかいやがらせをするかのように、遊びを続けたのである。

「兄さん、あれはやばいぜ」

と、其角が言ったのは、茗荷屋《みょうがや》の二階である。

桜が満開の絵が、正面の壁に描かれていて、それを眺めながら、ふたりで花見としゃれ込んで飲んでいる時であった。

「何のことでえ、其角よう……」

朝湖は、片膝《かたひざ》を立て、酒を口に運びながら自ら描いたその花の絵を眺めている。

その絵の空いたところに、

此処《このところ》小便《しょうべん》無用花《むようはな》の山《やま》

と書かれている。

元禄十一年（一六九八）、十一月——

すでに、其角は三十八歳、朝湖は四十七歳になっている。

そもそもは、茗荷屋《みょうがや》の主人が、朝湖に絵を頼んだのがきっかけであった。

二階の部屋の壁を新しくして、そこに紙を張りつけ、朝湖に絵を描かせたのである。

「何でもいいのかい」

「お好きなものを——」

と主人に言われて、あっという間に描きあげたのが、この桜の絵であった。

朝湖自身も気にいっていたのだが、ある時、ここを使った酔客《すいかく》がいて、

「こりゃあおつな花見だねえ」

と悦んでいたのまではよかったのだが、酔うにつれて、

「それにつけても花見で不粋なのが、あたりかまずそこらに小便をひる者たちじゃ——」

と言い出し、

「たれか、硯《すずり》と筆を——」

と叫んだ。

頼んだものが用意されると、この酔客は、筆にたっぷりと墨をつけ、絵の空いたと

ころに、なんと、

「此処小便無用」

と、書いてしまったのである。

まさか、茗荷屋の者も、この客が絵にいたずらをするとは思わず、言われるままに筆と硯を用意したのである。

しゃれになっていない。

主人はこれを見ておおいに怒ったのだが、書かれてしまった後であり、もはやどうしようもない。

たまたま顔を出した其角が、それを眺め、

「筆を――」

と主人に言った。

さっそく、主人が家人に命じて筆を用意させると、其角はこれにたっぷりと墨を付け、その下に、

「花の山」

と書いた。

これで、

此処小便無用花の山
なかなかきれいな発句《ほっく》ができあがった。

そして、これがさらに評判を呼んだのである。

そこで、茗荷屋の主人から、

「ぜひお花見に――」

と、当人である朝湖と其角が呼ばれて、酒をふるまわれているというところだったのである。

「おいらの知らねえうちに、なんだかおもしれえことになってるじゃねえの」

朝湖も、これをすっかり気に入って、ひとしきりふたりで飲んだ後、

「やばい」

話となったのである。

「今評判の〝あさづまぶね〟のことだ」

其角は言った。

「あのことかい」

朝湖は、杯を持って、自分の描いた絵の方へ顔を向けている。

「兄さん、ありゃあよくできた絵だ。どこも手を抜いてない。だもんだから、兄さん

の手が出ちまってる。見る者が見りゃあ、兄さんが描いたもんだってわかっちまう」

其角の言っている〝あさづまぶね〟というのは、朝妻船のことで、その船の上に白拍子《しらびょうし》――つまり遊女が乗っているのが描かれている。遊女は、水干《すいかん》に、烏帽子《えぼし》を被《かぶ》り、前に鼓《つづみ》を置いて、手には末広を握っている。

船は江頭に浮かび、浪《なみ》の上には月が出ている。

画面に柳がかかり、うっとりするような妖しい絵だ。

都の退廃と、そして雅さがそこにあって、しかもどこか哀愁を帯びている。なんとも美しく、そして哀しい。

そこに、北窓翁《ほくそうおう》と名の入った讃が書かれている。


あだしあだ浪よせてはかへる浪　朝妻ぶねのあさましや　あ、又の日はたれに契《ちぎり》をかはして色を〱　枕はづかし　偽《いつはり》がちなる我床の山　よしそれとても世の中

「この北窓翁は、兄さんのことだろう」

「だったら、どうなんでえ」

「兄さん、しばらく上方《かみがた》へでも、遊びに行ったらどうだろう」

「上方？」

「前から、京、大坂へ行ってみてえって言ってたじゃあないか」

「そんなことも、言ってたっけ――」

朝湖はまだ、絵へ顔を向けている。

其角が、朝湖のことを心配しているのにも理由がある。

それは、朝妻船の遊女が、見る人が見れば将軍綱吉寵愛《ちょうあい》のお伝《でん》の方その人であることが明らかであったからである。

このお伝の方は、小身十二俵一人扶持黒鍬組《くろくわぐみ》白須《しらす》才兵衛《さいべえ》の娘で、小鼓の上手であった。将軍の前でも、よくこれを打った。

ある時は、将軍とともに吹上御庭の池に舟を浮かべ、その船上でも鼓を打ったという。

このことを知っていれば、たちまち朝妻船の白拍子がお伝の方とわかる。つまり、朝湖は、将軍御寵愛の女お伝の方を遊女に見立てた絵を描いたことになる。

「それともうひとつ、兄さん、この前、六角越前守広治《ろっかくえちぜんのかみひろはる》ってえのに、菱屋《ひしや》の小わたを身請けさせたろう」

「ああ、あの京から出てきた、なりあがりの男か――」

この六角越前守広治というのは、桂昌院の姪《めい》の孫にあたる人物で、京から江戸へ出てきたとたんに、妖怪の如き三人に憑《とりつ》かれてしまった男である。

大蔵の一件以来、どこをどうとり入ったのか、朝湖と桂昌院に繋《つな》がりができて、元禄七年に桂昌院が、東本願寺門跡、および新門へ送った「吉野龍田画屏風」、「耕作図屏風」、「風炉屏風」などは、いずれも朝湖の筆になるものであった。

時の権力にたかって、その金で遊び、権力を皮肉っているようなものだ。

「噂じゃあ、そっちの方でも、お上はいつか咎めだてをするつもりらしいよ」

「ふうん」

「だからしばらく上方へ――」

そこまで其角が言った時、身体《からだ》ごと朝湖が其角に向きなおった。

「おれに、逃げろってえのか、其角よう」

空になった杯を、手の中で弄《もてあそ》びながら朝湖は言った。

「いや、逃げろって、そんなことは――」

「言ったよ」

朝湖は、杯を放り投げるように畳の上へ置いた。

「やい、其角、てめえ、いつからおいらに説教できるような身分になったんでえ――」

「兄さん、そんな――」

「芭蕉先生が死んで、今じゃ、天下の宝井《たからい》其角先生だ。江戸でてっぺんとって、この朝湖に説教できると思い込んだか、え？　このところ、おめえと遊んでやらねえからって、拗《す》ねたのかよう、其角――」

朝湖は、唇を歪《ゆが》めて嗤《わら》った。

「このところ、おいらが、半兵衛や民部とばかりつるんでるんで、ひがんでるんじゃねえのかい。女の腐ったのみてえに、悋気《りんき》するたあ、けつの穴が小せえぜえ、其角よう」

唇の一方に浮かべた笑みを、そこで止めたまま、朝湖は上眼づかいに其角を睨《にら》んだ。

いつになく、朝湖の表情も、眼つきもきつかった。

「見そこなったぜ、其角」

朝湖は立ちあがった。

「てめえとはもう飲めねえ」

大股《おおまた》で、朝湖は部屋を出た。

「兄さん――」

其角が、その後を追おうとすると、立ち止まった朝湖の広い背が、其角の行く手をふさいだ。

「せいぜい、長生きするんだな」

背を向けたまま、朝湖は言って、階段を音をたてて降りていってしまった。

後に残された其角が、

「兄さん……」

小さくつぶやいたが、その声を聴く者はもう階下にはいなかった。

七

多賀朝湖、民部、村田半兵衛が捕えられたのは、それからしばらくしてからであった。

民部は、木挽町《こびきちょう》森田座へ芝居見物へ行き、その帰り、小屋を出たところで捕えられた。

半兵衛と朝湖は、ふたりそろって吉原へ行き、その帰り、大門を出たところで御用となった。

　いずれも、あっさりと捕えられ、縄付きで奉行所まで引きたてられた。

　三人ともに、毎日役人に後をつけられていて、捕えるのにほどのよい機会をうかがわれていたのである。

　三人とも、自分たちのしたことを淡々として語った。

「この件に其角は関わっていたか――」

　と、朝湖は問われ、

「あの野郎は、臆病《おくびょう》で、とてもわたしらのやるようなことにゃ、手を出せやしませせん」

　きっぱりと、それを否定したという。

　三人とも、流刑《るけい》――民部、半兵衛は八丈島《はちじょうじま》へ、朝湖は三宅島《みやけじま》へ島流しとなった。

　島流しと言えば、終身刑であり、二度と島を出ることはできない刑である。

　其角と朝湖は、朝湖が三宅島に流されてから、二度と会うことはなかった。

八

元禄十一年（一六九八）十二月二日——

大川の川面《かわも》に、薄く早朝の川霧が流れている。

艫綱を解かれたばかりの流人船が、今、ゆるゆると大川を下り出したところだ。

猪牙舟《ちょきぶね》の上に立って、其角は、流人船を見あげている。猪牙舟が、ゆっくりと、その五百石に余る流人船に近づいてゆく。

「でえじょうぶかい、定吉《さだきち》——」

其角が、不安そうに声をかければ、棹《さお》をやっていた船頭の定吉が、

「へえ」

と、低く答える。

他にも、この朝霧の中を、〝お目こぼし〟にあずかろうと、二艘《そう》の舟が近づいてゆくのが見える。

退《ひ》いてゆく潮に乗って、流人船は海へ向かって流れてゆく。

遠島を申し渡された罪人には、たとえ家族であろうと、陸上ではもう会えない。唯《ゆい》

一《いっ》の会う機会が、流人船出港時の、この大川の上の、〝お目こぼし〟である。

佃島《つくだじま》には、この〝お目こぼし〟専門の船頭がいて、常より役人たちに袖の下を贈っている。

その船頭が舟でやってきて、下から声をかけると、役人が甲板まで罪人を連れ出して、ひそかに対面をさせてくれるのである。対面をさせるというよりは、見て見ぬふりをする。これが〝お目こぼし〟である。

しかし、船頭によっては、ただちらりと顔を見させるだけのことしかしてくれない役人もいれば、上と下で、多少の会話をさせてくれる役人もいる。

これは、ひとえに、船頭が日頃どれほどつけ届けをしているかということと、その日のために、家族がどれだけの金を用意したかによる。

ある流人の妻が、この〝お目こぼし船〟を出してもらったのはいいが、夫の顔を見ることができたのは、ほんの一瞬だけだったということがあった。舷《ふなべり》から、身を乗り出しかけた夫をいきなり役人が怒鳴りつけて、引きもどしてしまったのである。

言葉を交《かわ》すことも、眼を合わせることもできなかった。

哀しみのあまり、遠く去ってゆく流人船に向かって手を合わせると、この妻は大川にそのまま身投げして死んでしまい、島へ送られてから、この話を耳にした亭主も、海へ身を投げて死んでしまったというのである。

　定吉が、舟を流人船の真下まで寄せて、声をかけた。

「もうし、お願いにございます。お願いにございます。佃島の定吉にございます。絵師多賀朝湖《たがちょうこ》の縁者《えんじゃ》がこちらに参っておりますれば、御慈悲《おじひ》をもちまして、どうかどうか、ひと目なりともお会わせ願います」

　よどみなく言ったのは、これまで幾度《いくど》となく口にして、慣れているからであろう。

　ほどなく、舷の上に、朝湖の顔が見えた。

　その顔が、思いの外すっきりしているのは、昨日、髪を剃《そ》り、髭《ひげ》をあたって、こざっぱりしたからであろう。

　江戸での最後の夜にあたって、尾頭付《おかしら》の鯛《たい》も食することができ、場合によっては酒まで飲むことができる。

　朝湖のことだから、昨夜は飲めるだけの酒を飲んだことであろう。

「兄さん」

　下から声をかけた途端に、其角の眼から涙がほとばしった。

「馬鹿やろう、無駄な銭《ぜに》つかいやがって」

　上から、朝湖の声が降ってきた。

「兄さん、兄さん——」

あれも言おう、これも言おうと思っていたのに、その言葉と涙しか出てこない。

今生《こんじょう》の別れであった。

もやが晴れはじめ、風が吹いている。

見あげる朝湖が背に負っているのは、青い空だ。

風が吹いている。

雲が動いてゆく。

「兄さん、負けるんじゃねえぜ」

其角は叫んだ。

「負けるんじゃねえぜ、兄さん！」

「あたぼうよ。なあ、其角。あっちじゃあ、江戸で喰うくさやのひものを作るんだそうだ。おいらが作るくさやに、おつな紅葉《もみじ》をはさんでおくからよう。そいつを見つけたら、そのくさやで、みんなで一杯《いっぺえ》やってくれ。できるだけ、派手に頼むぜえ。あっちとこっちで、せいぜい遊ぼうじゃねえか。遊びつかれて血へど吐いて、賑《にぎ》やかにくたばろうぜえ、其角——」

「兄さん、兄さん！」

「おもしろかったなあ、其角よう！」

それが、其角が聴いた、朝湖の最後の肉声であった。

その声が聴こえたあと、朝湖の顔が笑ったように見えた。

その顔が消えて、その向こうにある青い天と、白い雲が見えた。

風が吹いていた。

巻の十六　初鰹《はつがつお》

一

　朝湖《ちょうこ》の乗った流人船には、民部《みんぶ》と、それから半兵衛《はんべえ》も乗っている。

　基本的には、流人船は、船頭、水主《すいしゅ》の八人乗りで、櫓の前方に、長さ三間《げん》、横幅六尺、高さ四尺の船牢《ろう》があり、そのひと部屋に、罪人全員が入れられた。

　中に三尺四方の便所がひとつ。

　朝湖が送られるのは、三宅島《みやけじま》だ。

　江戸からの距離およそ五十里。

　民部と半兵衛が送られるのは、三宅島よりさらに遠くの八丈島《はちじょうじま》である。

　船は、いったん新島《にいじま》に寄り、そこで、何日か風待ちをした後、十二月十五日、三宅島に着いている。

ここで、民部と半兵衛は越年しているから、ひと月ほどは、朝湖、民部、半兵衛の三人は三宅島にいたことになる。

朝湖は、三宅島で伊《い》ヶ谷《や》村割となった。

伊ヶ谷村は、島の西側にあって、島内五村のうちでも、もっとも貧しい村である。

朝湖が暮らすこととなったのは、伊ヶ谷村でも伊豆《いず》村との村境に近い長坂《ながさか》であった。

雄山《おやま》の麓《ろく》が伸びて、なだらかに海に入っている岬の根元のあたりだ。

小屋からは、そのまま青すぎるほどの海と空が見える。

二

春——

朝湖は、糸を握っている。

海に突き出た岩の上だ。

岩を踏んだ素足を、時おり、波が洗ってゆく。

漁師から買い込んだ鰯《イワシ》を鉤《はり》につけて、それを、浮子《うき》がわりの木片の重さで、できるだけ遠くに、投げる。

それで、回遊してくる鰹《かつお》をねらっているのである。

三宅島は、黒潮の中に浮いているような島だ。

春から夏にかけて、岸から鰹を釣ることができるのだ。

朝湖は、ほとんど見届物《みとどけもの》を持ってこなかった。

そのため、金がない。

見届物というのは、島へ送られる罪人の家族や知人が、罪人に対して持たせてやる金や食べ物である。

島へあがる時には、罪人はこれを持って入ることもできるのだが、紀伊国屋《きのくにや》や其角《きかく》たちが用意した見届物を、朝湖は全て断ってしまったのだ。

自分の持ち金だけを持って、朝湖は島へ送られたのである。持ち金といっても、持ってゆける額は限られていて、幾らでもいいというわけではない。しかし、朝湖の持ち金は全て合わせても、限度を越えるにはほど遠い額であった。

金があれば、食い物も買えるし、着るものも買うことができる。見届物は、だいたいが食べ物であったが、家族から島に送られてきた食べ物を島で売って金にかえることもできた。

手紙も、検閲はあるが、出すことはできた。

しかし、年に、三度ほども流人船が入ればいい方であり、手紙のやりとりが、そういつもできるわけではなかった。

ともあれ、朝湖は、なけなしの金を使って鰯を買い、それで、鰹を釣ろうとしているのである。

だが、鰹はなかなか釣れなかった。

時おり、ナブラが立ち、その上に鳥山ができる。

そのナブラの中に、鰯を投ずることができれば、間違いなく鰹が掛かるのはわかっているのだが、そこまで届かないのである。ナブラが立つのは、沖ばかりである。

鰹の群が、小魚の群を追って、小魚を海面へ追いつめる。魚にとっては、海面は袋小路と一緒だ。海面より上へ逃げることができずに、海面が泡だったようになる。そこへ、下から鰹が喰いついて、水しぶきがあがる。小魚の群が、さらに暴《あば》れて、海面が沸騰《ふっとう》したようにざわめく。

これがナブラだ。

そのナブラまで、あと少しのところで、餌《エサ》が届かない。

「どうしようもねえぜ、其角よう……」

言ってから、ちっ、と朝湖は舌打ちをした。

其角が横にいないのがわかっていて、つい、その名前を口にしてしまうことが、時おりある。

特に、釣りをしている時がそうだ。

「生類憐《しょうるいあわれ》みのことがねえのはいいが、どうも調子が狂っちまうぜえ」

朝湖はつぶやいた。

独り言だ。

ここでは、いくら釣りをしても、咎《とが》めだてする者はいないが、魚を釣りあげたり、ばらしたりした時に、近くに誰もいないというのが、なんとももの足りない気分であった。

ナブラが、思いがけなく、すぐ近くの海面に立った。

「ここだ」

あわてて、鰯を引きもどし、手でくるくると回して、そのナブラに向かって投げる。

しかし——

飛んだのは、餌の鰯だけであった。

あまりに勢いよく回したので、鉤から身がちぎれて鰯だけが飛んで海面に落ち、その後から、餌のなくなった仕掛けが海面に落ちたのである。

「あ、このやろう」

叫んで、いそいで仕掛けを引きもどし、鉤に新しい鰯を掛けて、また、投げた。

ナブラの端だ。

来た。

鰯が、海に着水した瞬間に、ぐぐぐっと、手がひったくられるように糸が引かれた。

「き、きやがったぜえ、ちくしょうめ!!」

朝湖は叫んだ。

手の中を糸が走る。

熱い。

「くそ」

と、こらえた瞬間、ふっ、と糸が軽くなって、力を入れていた手が流れて、その拍子に朝湖の身体《からだ》が傾いた。

ばれてしまったのだ。

そのまま、朝湖は海に落ちていた。

「ばか、まぬけっ」

自分に向かって、そういう言葉をあびせながら、朝湖は岩の上に這《は》いあがった。

這いあがる時に、波にあおられ、岩で右膝《ひざ》を擦りむいていた。

岩の上に再び立った時には、もう、ナブラはない。

鰯をまた鉤に付け、投げる。

しかし、もう、魚信《アタリ》はない。

絶好の機会をのがしてしまったのである。

「ざまあ、ねえな」

朝湖は、岩の上に座り込んだ。

波の上で、持ちあがったり、下がったりしている浮子がわりの木片を、ぼうっと眺めている。

なんだか、思ったよりも楽しくない。

好きなだけ釣りはできるが、独りで釣るというのは、どうも、はりあいがない。さすがに、魚が鉤に掛かった時には、夢中になるものの、何かが、これまでの釣りからすとんと抜け落ちている。

何であろうか。

考えているうちに、

「絵を描きてえな……」

思わずつぶやいていた。

つぶやいてから、

〝そうか、おれは、絵を描きてえのか……〟

そう思った。

鉛筆も、絵の道具も、そんなものは、何ひとつとして、持ってこなかった。

描きたくても、描けない。

そう思ったら、ふいに、さっきよりももっと激しく、もっと強く、絵を描きたいという衝動が、身体の奥の方から突きあげてきた。

胸が痛い。

息さえ苦しくなるような、思わず身をよじってしまうような衝動であった。

「絵を描きてえ」

そう言った時、何の前ぶれもなく、いきなり、右手がぐんと引っぱられた。

「こ、この」

海に落ちそうになったのを、左手を岩について身体を支えながら、立ちあがった。

手の中を糸が走る。

糸が滑り出てゆく。
熱い。
しかし、放さなかった。
「くそう、そうはいかねえぞう」
止める。
糸を引く。
魚が走る。
手をゆるめる。
糸が出てゆく。
また止める。
そのうちに、魚が弱ってきた。
「へへ、どうでえ。そうかんたんにゃあいかねえぞ」
糸をたぐる。
だんだんと魚が近づいてくる。
青い海の中で、魚の腹が、ぎらぎらと光る。
「どうだ、どうだ」

引き寄せて、抜きあげると、丸々と太った青い鰹であった。

「やったぜえ、其角よう」

鰹を両腕で抱いて、朝湖は言った。

しかし、傍《そば》には誰もいなかった。

三

朝湖は、海の見える小屋で、その鰹をさばいた。

三枚におろし、身を切り分けて、欠けた皿に載せた。

生姜《しょうが》も、山葵《わさび》も、芥子《からし》もない。

「どうでえ、豪勢なもんじゃあねえか」

醬油《しょうゆ》だけはあった。

その醬油を、贅沢《ぜいたく》に、たっぷりとかけた。

それを、箸《はし》で摘《つま》んで口の中に放り込む。

初鰹《はつがつお》だ。

うまい。

ただひとりで、貪《むさぼ》るように喰った。
朝湖が、板の上で、胡座《あぐら》をかいて、鰹を喰っている。
眼の前に、青い海がひろびろと遠く広がっている。
江戸は、見えない。
喧騒《けんそう》もない。
三味線《しゃみせん》の音もない。
風と海だけがほしいままにある。
朝湖の眸《め》から、ほろほろと涙がこぼれていた。
「描きてえな、其角よう、絵を描きてえなあ……」
自分の眸から、涙がこぼれていることに、朝湖は気づいていなかった。

四

島流しという刑は、基本的に無期であり、一度流されたら、もう、もどることはできない。残りの一生をその島で暮らし、その島で命果てることになる。
ただ、外の世界との手紙のやりとりはできる。手紙は、もちろん検閲され、内容によっては、送ることも、もらうこともできないこともある。

外から、縁者や知人が、受刑者が島で不自由をしないよう、食料や衣類を送ったりすることもよくあった。

朝湖が島に送られてからも、其角との手紙のやりとりはあった。

その一部は、今も残されている。

そういった手紙の中に、句がしたためられているというのは、ふたりの関係を考えた時、当然のことであった。それが、『古画備考《こがびこう》』所収の『三橋雑詠』にある。

朝湖が、三宅島から其角へ送った句——

初松魚《はつがつお》からしがなくて涙かな

これに、其角がかえしたのが、

其《その》からしきいて涙の松魚《かつお》かな

の句である。

生類憐みのことがあるから、あからさまに釣りの話は書いてはいなかったろうが、島でとれた鰹を食べたことくらいは書いたろう。

江戸で使うような薬味もなしに、醬油に鰹の刺し身を付けただけで食したのであろう。粗末な皿に、無造作に盛った刺し身を、朝湖はひとりで食べたのであろうか。吉原《よしわら》の華麗は、そこには微塵《みじん》もない。

朝湖の句を眼にして、其角は実際に涙したことであろう。

其角が、茶会を開いたのは、朝湖が島に流された翌年の秋のことである。

元禄《げんろく》十二年（一六九九）九月——

そこに集まったのは、投竿翁《とうかんおう》の『釣秘伝百箇條《つりひでんひゃっかじょう》』の一件で顔を合わせた者たちである。

場所も同じく、〝はまの屋〟の二階で、顔ぶれは——

宝井《たからい》其角。

紀伊国屋文左衛門《ぶんざえもん》。

津軽采女《つがるうねめ》。

兼松伴太夫《かねまつともだゆう》。

阿久沢弥太夫《あくさわやだゆう》。

鉄砲洲《てっぽうず》の長太夫《ちょうだゆう》。

伍大力仁兵衛《ごだいりきのじんべえ》。

松本理兵衛《まつもとりへえ》。

前回集まった時から、欠けているのは多賀《たが》朝湖ただひとりである。

「一番賑《にぎ》やかだったのが、いないということですね」

一同の顔を見回しながら、文左衛門は言った。

「いや、朝湖の兄貴だったら、あそこに――」

と、其角が床の間へ顔を向けた。

その床の間には、船の絵が青く染め付けされた大皿が置かれていて、その上に、ムロアジで作られたくさやの干物が一枚載っていた。

その干物の鰓《えら》のところに、一枚の楓《かえで》の葉が挟《はさ》んである。

「兄貴が挟んだ葉で――」

其角が言った。

すでに、皆は、佃島《つくだじま》での別れ際《ぎわ》に、朝湖が其角と交《かわ》した約束のことを知っている。

自分が作るくさやの干物に、紅葉《もみじ》の葉を挟んでおく――朝湖が仕掛けた遊びである。

自分の作ったくさやを江戸の知人に送るだけなら、三宅島からでもできる。それを、わざわざこういう遊びにしたてたのが、朝湖であった。

以来、其角は、日本橋の魚屋に繁《しげ》く足を運んでは、三宅島から届いたくさやがあれば、どれかに紅葉の葉が挟まれてないかと捜すのが、楽しみとなっていた。自分が行けない時には、下僕《げぼく》の者に足を運ばせた。

これは、その下僕の者が見つけてきたものだ。

「旦那さま、旦那さま、ございました！」

そう言って、そのくさやを持って下僕の者が駆け込んできた時には、

「本当か!?」

と思わず其角も問い返してしまったほどだ。

其角自身も、本当にそれが見つかるとは考えていなかったのである。

たとえ、朝湖がくさやに紅葉を挟んでも、それが、途中で落ちてしまうことはあろうし、他の誰かが見つければ、つまんで捨ててしまうであろう。もし、運よく届いても、そのくさやに出会うには運も必要である。その運があったのだ。

それで、さっそく、其角は紀伊国屋に声をかけ、よき日を選んで、皆に顔をそろえてもらったのである。

茶会とは名ばかりで、すぐに酒が出され、皆で酒を飲みはじめた。

肴《さかな》は、ただくさやの干物のみである。

「朝湖殿は、お元気なのですか――」

采女が問えば、

「どうも、島で女をたぶらかして、いい目にあっているようです」

其角が答える。

「女を？」

問うたのは阿久沢弥太夫である。

「はい。それも、若い女を――」

嬉しそうに、其角は言った。

「ところで、八月の、あの次郎兵衛《じろべえ》のことについては、皆様は聴きおよびでしょうか――」

紀伊国屋がそう言い出したのは、酒がほどよく回った頃であった。

他の者たちは、それぞれに眼を見合わせてうなずきあったのだが、

「ぞんじません」

と首を左右に振ったのが、采女と伴太夫である。

「本所《ほんじょ》亀戸村《かめいど》の次郎兵衛のことでしょう」

其角は言った。

「元漁師で、投網を打つのが得意な親爺《おやじ》です」

其角は、説明をした。

何年か前のことだ。

神田川のほとりにある麦飯《むぎめし》屋の清光庵《せいこうあん》の池に、夜な夜な小坊主が出て、鯉《こい》を咥《くわ》えてゆく。

それを、投網を打って捕えてみたら、川獺《かわうそ》であったということがあったのである。

その時、網を打ったのが、次郎兵衛であった。

「その次郎兵衛が何か?」

采女が訊《き》く。

「それは――」

其角が語るところによれば、こういうことであった。

伊左衛門《いざえもん》という、次郎兵衛の知り合いが、仲間何人かと亀戸天神に参拝した帰り、近くに住んでいた次郎兵衛の家に顔を出したというのである。

そこで酒盛りになり、網を打つ話になって、

「網を打つというのはむずかしいものか」

誰かが次郎兵衛に問うた。

「網を打つというだけなら、慣れだ。どうということはない。むずかしいのは、その中へ魚を入れるということだ、自分は、川獺も、この網打ちで捕えたことがある」

「どうやるのじゃ」

「こうだ」

次郎兵衛は、網を取り出し、庭で打ってみせたが、どうも感じが摑《つか》めない。

「ならば川へゆこう」

一同、酒を用意して次郎兵衛宅前の中川へ出かけ、船の上から、次郎兵衛が網を打った。

「かようなものじゃ」

そう言っているところを、見回りにやってきた御徒目付《おかちめつけ》に見つかって、一同、捕えられてしまったのである。

漁師ならばよいが、元漁師では魚を捕ってはいけないというのが、生類憐みである。

「いえ、魚を捕るために網を打ったのではございませぬ」

もとより、網の打ち方を披露するためである。

その網も、破れていて、使いものにならない。川獺を捕えた時に破れたままの網を使用したのである。船にはもちろん魚は一尾もいない。

それでも、ならぬ、ということになった。

次郎兵衛をはじめとする一同は、三ヵ月後に放免されたのだが、〝はまの屋〟に其角たちが集まっている時は、彼らが捕えられてまだひと月余りの日にちしか過ぎていないので、次郎兵衛たちは、まだ牢《ろう》に入ったままだ。

聴き終えて、

「どうにも、住み難《にく》い世の中です」

采女が首を左右に振ると、それまでじっと黙って腕を組んで聴いていた阿久沢弥太夫が、

「ちっ」

と、小さく舌を鳴らした。

このような茶会が、何度かあったらしいのは、其角の遺稿集である『類柑子《るいこうじ》』に次のようにあることからもわかる。

（前略）昔今の（謫居《たっきょ》の）一風流をさがす中に、あかつきの雲にかくれ行く舟のあとなき波にながらふる者あり。

島むろで茶を申すこそ時雨《しぐれ》哉
と侘《わび》たる句、今更の袖の時雨とばかりに捨ことづてをしたり。

新月の島絵《しまえ》ゆかしき便《たより》かな　楓子
昼の白髪は篠のまた生　晋子

〝島むろ〟とあるのは、三宅島で朝湖が作ったムロアジのくさやのことだ。

〝あかつきの雲〟とあるのは、朝湖の俳号である暁雲《ぎょううん》を、分かち書きにしたもので、もちろん朝湖のことである。

〝島絵〟というのは、朝湖の三宅島から送ってきた絵であり、後に「島一蝶《しまいっちょう》」と呼ばれる、島で描かれた朝湖の一群の絵のひとつである。

朝湖が、島に送られてからも〝遊び〟は続いていたのである。

巻の十七　松の廊下

一

江戸城本丸大廊下、通称松の廊下でその事件が起こったのは、元禄《げんろく》十四年（一七〇一）三月十四日のことであった。

この十四日は、勅答《ちょくとう》の儀がとりおこなわれる日である。これは、幕府の年間の行事の中でも、最も格式の高い儀式であった。

毎年正月に、幕府——つまり将軍綱吉《つなよし》は、京の朝廷に対して年賀の挨拶《あいさつ》をするため使者を遣わしている。この答礼のため、朝廷からも京から江戸まで勅使が下向してくる。これが三月であり、この勅使を接待するのが、勅使饗応《きょうおう》役である。天皇からの使者が勅使、上皇からの使者が院使であり、この時、勅使饗応役をつとめていたのが、播州赤穂《ばんしゅうあこう》城主五万石の、浅野内匠頭長矩《あさのたくみのかみながのり》であり、院使饗応役をつとめていたのが、伊予吉田《いよよしだ》城主三万石の伊達左京亮宗春《だてさきょうのすけむねはる》であった。

このような、朝廷との連絡や江戸城での儀式の担当は、室町以来続いている名門の家が、代々任命されていた。それが、高家《こうけ》である。高家の高は、室町将軍足利高氏《あしかがたかうじ》（尊氏）の高だ。吉良《きら》家は、高家の筆頭であり、こういった儀式の際は、吉良家がその担当をした。

この年、幕府の使者として京へ上《のぼ》ったのも、高家の吉良義央《よしなか》であった。担当といっても、吉良家は四千二百石の旗本である。金があるわけではない。基本的に、勅使・院使の饗応にかかった費用は、その役を受けた藩や家の自分持ちであり、いくら名門とはいっても、たかだか四千二百石しか禄高のない吉良家などが、この役をやると、その費用がかさむため、たちまちにして家がたちゆかなくなる。

そこで、饗応役は、その都度《つど》、三万石から五万石の大名が選ばれて、その任にあたることになる。

元禄十四年春、勅使饗応役に選ばれたのが、浅野内匠頭長矩であったのである。

吉良家の役割は、饗応役となった大名に対して、饗応や儀式のあれこれについて、細かい作法などを教えることである。大名は大名で、朝廷からの使者に対してどのような接待をしたらよいかなどわからぬため、吉良家のような存在が必要となるのである。

大名は、この指導の礼として、そこそこの品や金を、吉良家につけとどけをする──これが、当時の慣例であり、あたりまえのことだったのである。

三月十四日のその日──

梶川与惣兵衛頼照《かじかわよそべえよりてる》は、足速に城中を歩いていた。

この日は、白《しろ》書院で行なわれる奉答の儀で、御台所《みだいどころ》、つまり将軍の妻から勅使へ土産品が渡されることになっている。梶川は、この儀に関わっていた。

梶川は、七百石の旗本で、留守居番、大奥向きの御用を預かる仕事をしている。

この時、五十五歳。

城中を急ぎ足で歩いていたのは、吉良義央を捜していたからである。

その日登城した梶川が、勅使の登城時刻が早まったことを同役の松平主計《まつだいらかずえ》から知らされたのは、少し前のことだ。

この日登城した梶川、所用をあれこれとこなしてから自室に入り、刀を置いて、脇《わき》差《ざし》ひとつを差して御留守居衆の部屋に入った。

そこで、

「梶川殿――」

松平主計から声をかけられたのである。

「吉良様のお話では、御使の登城の刻《とき》が、早まったとのことじゃ。このこと、梶川殿はすでに御存知か？」

「いや、初めて耳にすることです」

それで、梶川は、部屋を出て吉良義央を捜しはじめたのである。

勅使が早く到着した分、儀式を早めにした方がよいのか、勅使を待たせて、予定通りに行なうか、その調節をいかにしたものか、吉良義央に会って相談をしなければならない。そのため、一刻も早く、吉良義央と会う必要があったのである。

中の間へ行ったところで会ったのが、目付の多門伝八郎《おかどでんぱちろう》である。

「多門様、公家衆はいずれへ」

と訊《たず》ねれば、

「すでに、ここにはおらぬ」

多門伝八郎は言った。

「殿上《でんじょう》の間へ？」

「いや、すでに御休息の間へ参られた様子じゃ」

「さすれば、高家の方々は大廊下の方におられましょうか」

「はて、そこまでは」

「では、大廊下の方を見てまいります」

と、梶川は大廊下——松の廊下の方へ足を向けた。

何故《なぜ》、この庭に面した大廊下が松の廊下と呼ばれるのかというと、廊下の片側に並んだ襖《ふすま》一面に松の絵が描かれているからである。江戸城本丸の西南にある畳廊下で、城内では二番目に長い。大広間の方からゆくと、西へ十間《けん》余り行って、角柱《かどばしら》から右へ——北へ折れて、十七間余り、合わせて二十七間に余る長さ（約五十メートル）がある。

幅は西へ向かう廊下が十三尺（約四メートル）、北へ向かう廊下が十六尺半（約五メートル）に余る。

梶川は、角柱のあたりで足をとめ、大廊下を見渡せば、手前に浅野内匠頭長矩と伊達左京亮宗春が、御障子際にいて、描かれた松に身を寄せるようにして、何やら打ち合わせている様子である。

ふたりの向こう、白書院に近い桜之間の杉戸のあたりに高家の者たちが何人も集まっている。

たまたま通りかかった茶坊主《ちゃぼうず》に、

「吉良義央殿を呼んできてはくれぬか」

と声をかけ、高家の者たちがいるところへ、吉良上野介をたずねさせた。

茶坊主はすぐにもどってきて、

「吉良殿、ただいま御老中方と御用の儀あって、ここにはいらっしゃらぬとのこと。いずれ、もどって参られるであろうと、高家の方々は申されております」

という。

「なれば、あれにおられる浅野殿、伊達殿をお呼びしてくれぬか」

茶坊主が、伊達宗春と話をしていた浅野長矩に声をかけると、さっそくふたりが、梶川のもとへやってきた。

「私儀、今日、伝奏衆へ、御台様よりの御使を務めることになっておりますので、諸事よろしくお頼み申します」

梶川が言えば、

「心得ております」

浅野と伊達は、頭を下げ、所定の本座にもどっていった。

それと入れかわるように、白書院の方角から、吉良上野介義央がやってきた。

まだそこにいた茶坊主に命じて、梶川は、吉良上野介義央を呼んだ。

やってきた吉良義央に、

「勅使・院使の方々、早めの登城とのこと、うかがっております。いかがいたしましょう」

梶川がそう訊ねた時——

異様といってもいい、女のような甲高《かんだか》い声が響いた。

「この間の遺恨《いこん》、覚えたるか！」

驚いた吉良義央が振り返ると、そこに、浅野内匠頭長矩が立っていたのである。

驚いたのは、梶川も同じであった。

今しがた挨拶《あいさつ》を交した浅野長矩とは、まったく別人のような形相《ぎょうそう》を、長矩がしていたからである。

両眼の端が吊りあがり、左右の口の両端もまた耳の方に向かって持ちあがっていて、獣の如く上下の歯がむき出しになっていたからであった。その双眸《そうぼう》の白眼の部分に、赤く血管がからんで、悪鬼の如くに見えた。

浅野は、その右手に引き抜いた脇差を握っていて、それを振りあげたかと思うと、

「覚えたるかっ！」

叫びながら吉良に向かって斬《き》りつけてきた。

「わっ」

と声をあげた吉良の額を、その脇差の先端が叩《たた》いた。

金属音の混じった、
かつん!

という音が響いた。

「わわわわわ」

声をあげ、梶川の方へ向きおなった吉良義央の顔は恐怖に歪《ゆが》み、その額の左上から右下に向かって、傷口がぱっくり開いていた。その傷の奥に、白く骨が覗《のぞ》いていた。

みるみるうちに、その傷口から血が溢《あふ》れ出てきた。

「覚えたるかっ」

浅野長矩が、吉良の背へ、またひと太刀《たち》斬りつけた。

背を斬られた吉良は、どんと梶川にぶつかって、さらに向こうへたたらを踏み、廊下の畳の上にうつぶせに倒れ込んだ。

「逃ぐるか、義央」

前へ出て、さらに刃をあびせようとする長矩を、

「やめなされ、浅野殿、殿中でござるぞ」

梶川が後ろから羽交締めにした。

この時には、もう人が集まっている。

伊達左京亮宗春や高家衆、茶坊主たちが、皆で浅野を押さえ込むようにして、大廊下から連れ去ってゆく。

浅野は、連れ去られながら、大声で叫んでいる。

これを、梶川頼照が日記に記している。

　上野介《こうずけのすけ》事此間中意趣有レ之候故、殿中与申
　今日の事旁恐入候得共、不レ及レ申二是非一打果候

「我、上野介に意趣これあり！」

興奮しているため、咳《せき》込みながら、浅野長矩は叫ぶ。

「ために、殿中なれど、是非に及ばず、吉良を打ち果たさんとしたものなり」

これを、浅野長矩は、何度も何度も叫んだ。

あまりにうるさいので、

「最早《もはや》事済候《ことはすみそう》らえば、黙り申され候え。あまり高声にて叫ぶはあさましきことぞ」

と周囲の者が言うと、ふいに、浅野長矩は叫ぶのをやめた。

浅野長矩は近くの柳の間に運ばれた。

その時には、もう、長矩は静かになっている。

浅野長矩を取り調べたのは、目付の多門伝八郎である。

「浅野殿、御自分がいったい何をなされたか、おわかりか」

問われた長矩、

「全て承知にござります」

覚悟を決めた様子でそう言った。

すでに、長矩の眼は吊りあがってはおらず、あの一瞬間にあった狂気の色も、今はない。

「何故あのような所業に及んだのじゃ」

多門が問うと、長矩はしばらく黙ってから、やがて、

「今度《こたび》のこと、上《かみ》へ対し奉《たてまつ》りいささかの御恨《おんうら》みこれ無く候《そうら》えども、私の遺恨これあり。一己《いっこ》の宿意《しゅくい》を以《も》って前後忘却《ぜんごぼうきゃく》仕《つかまつ》り、討ち果たすべく存じ候て刃傷《にんじょう》に及び候。此《こ》の上《うえ》如何様《いかさま》のお咎《とが》め仰せつけられ候共、御返答申し上ぐべき候筋これ無く、さりな

がら上野介を打ち損じ候儀、如何にも残念に存じ奉《たてまつり》候《そうろう》――」

低い、底のこもった声でそう言った。

遺恨を生じさせた具体的な事柄については、一切口にしなかった。

この取り調べの間、

「上野介はいかがに相成り候や」

と、何度か多門に訪ねてきた。

上野介がどうなったかだけが、気にかかっているようであった。

これを哀れに思った多門が、

「吉良殿も、老年のこと故《ゆえ》、殊《こと》に面体《めんてい》に刃を受けたとあっては養生も心もとないであろう」

そう言うと、にんまりと、唇の両端を持ちあげて、浅野長矩は笑った。

二

外科医の栗崎道有《くりさきどうう》が、江戸城へ呼び出されたのは、同じ十四日の昼過ぎである。

この日、道有は、酒屋伊勢屋半七《いせやはんしち》の療治のため、朝から神田明神下の、半七宅まで出向いていた。そこへ、城からの知らせが入ったのである。江戸城の大廊下で刃傷があり、吉良上野介が、刀傷を負わされたので、急ぎ登城せよとのことであった。

とるものもとりあえず、道有は、城へ駆けつけた。

茶坊主に案内されて、そこへ行ってみれば、吉良は、布団の上に仰向《あおむ》けに寝かされている。部屋には、濃い血の臭いが満ちていた。

その横にいるのは、本道方《ほんどう》（内科）の医師である津軽意三《つがるいぞう》と、外科方の坂本養慶《さかもとようけい》であった。

「血が止まらぬのじゃ」

と津軽は言った。

見やれば、吉良の額にあてられた布には、血の輪が広がっており、まだ濡《ぬ》れている。布が、まだ、出てくる血を吸っていることがわかる。

「このままでは、あやうい」

坂本養慶は、顔をしかめた。

さっそく、道有は、吉良の傷を見た。

額の傷は、深い。

左眼の上方から、斜め右下へ斬り下ろされており、傷の長さは三寸五分から六分はあった。傷は骨にまで達しており、傷口を指で開けば、骨についた傷まで見えた。

この傷口を、熱湯であたためて洗い、小針、小糸で六針縫った。

傷口にウスメチャを付け、その上からさらに黄芩《おうごん》を付けて止血をした。

背の傷は、浅かった。

ここを三針縫って、額の傷と同様にウスメチャと黄芩を塗った。

包帯の巻き木綿は、下着の白帷子《かたびら》を裂いて作り、これを、それぞれの傷を守るように巻きつけた。

落ちついて眺めれば、布団にも畳にも血糊《ちのり》の跡があり、周囲には血の付いた衣類が散乱している。道有は、それらをかたづけさせ、血の付いた畳も新しいものにかえさせた。

吉良は、治療中も、かたづけている間も、半分眼を閉じたまま、さっきから、しきりと生《なま》あくびを繰り返している。

「だいじょうぶであろうか……」

津軽意三が、不安そうに言うのへ、

「焼き塩と湯づけを――」

道有が、近くにいた茶坊主に言った。

不審《ふしん》がる茶坊主に、

「吉良さま、儀式のため、朝より何も食されておられぬのではないか。これだけの血が流れたのもさることながら、腹が減っていては治る傷も治らず、元気も出まい」

そう言ったのは、三十八歳という年齢ながら、道有が名医であったからである。

その通り、吉良は、この日の務めのため、朝から食事をしていなかった。

「湯呑所《ゆのみどころ》より湯を、台所からは飯を——しかし、いずれも血の穢《けが》れを嫌う故《ゆえ》、吉良様に差しあげるものだとは口にせぬように——」

道有の的確な指示で、茶碗に湯づけが盛られて出てきた。これに焼き塩を振ったものを二杯、吉良はたいらげた。

このことが、吉良の生命を救ったといっていい。

もうひとつ、吉良が幸運であったのは、名医道有に診《み》てもらったことの他に、烏帽《えぼ》子《し》を被《かぶ》っていたことである。烏帽子の縁の部分の芯に、金具を使用していたため、浅野長矩が斬りつけてきた太刀の切っ先がこれに当り、死に至る深手をまぬがれたのである。

三

浅野長矩の身柄《みがら》は、陸奥一関藩主田村右京大夫建顕《むついちのせきたむらうきょうたいふたけあき》に預けられることとなった。

厳重な警戒のもと、長矩が田村屋敷に到着したのは、申の刻《さる》（午後四時頃）である。

邸内の中之間を板で囲い、これを釘で打ちつけて、この内へ長矩は入れられた。

長矩が、ずっと食事をしていなかったのは、吉良と同様である。

長矩は、田村宅で、一汁五菜の食事をし、湯づけを二杯食べた。

田村右京大夫としては、長矩を預ることにはなったものの、どうすればよいのかと頭を痛めていた。

殿中で刃傷沙汰《ざた》におよんだとはいえ、長矩は赤穂《あこう》五万石の主《あるじ》である。粗略にあつかうことはできず、しかし、丁寧にもあつかえない。

だが、実はこの時、江戸城ではすでに長矩の処分は決定していた。

大廊下で刃傷の話を耳にした将軍綱吉《つなよし》が、

「切腹を命ぜよ」

即座にそう言い放ったからである。

もともと、殿中には大刀は持ち込めない。身に帯びてよいのは小 刀《ちいさがたな》のみである。この小刀にしろ、殿中で抜けば、理由の如何《いかん》を問わずに死罪である。

綱吉が、長矩に切腹を命ずるのは、しかたがない。

ただ、浅野長矩からも吉良上野介からも、まだ細かな事情聴取はされていない。何《なに》故《ゆえ》、長矩が、小刀で吉良に斬りつけたのか、その理由も意趣があったということのみで、どのような意趣であったかはわかっていないのである。

長矩切腹は当然としても、少し結論が早すぎるのではないか。

それを、綱吉に言ったのは、柳沢保明《やなぎさわやすあきら》である。

「浅野内匠頭、吉良上野介、両名の言い分を聴いてからでも遅くはないのではございませぬか」

綱吉は聞かなかった。

「刃傷におよんだのが、殿中であるばかりでなく、今日は、勅使饗応の大切な日である。さらに言えば、我が母上の一件もある」

綱吉の言う我が母とは、生母桂昌院《けいしょういん》のことであった。

今年は、桂昌院が、朝廷から、従一位《じゅいちい》を下賜《かし》されるかもしれない大事な年であった。

前々から京の公家衆に働きかけていたもので、ようやくそれが実を結びそうな時期であった。その前に、このような不祥事があったら、従一位下賜が中止になってしまうかもしれない。

できるだけ早い対応をせねばならない。事件の解決は、急務のことであったのである。

柳沢保明も、充分そのことは承知しているから、それ以上は追及を控え、

「吉良殿は？」

そう訊ねた。

「そのままじゃ」

綱吉は言った。

「喧嘩《けん》両《りょう》成敗《せいばい》でなくともよろしいので？」

「かまわぬ」

綱吉は、迷うことなく言った。

この頃——

喧嘩両成敗というのは、「天下の大法」であった。

喧嘩をしたら、その理由が何であれ、どちらも同罪であり、双方に同じ罰を与えるというのが、この喧嘩両成敗である。

だが、今度のことは、現場に居合わせた者たちの誰に訊ねても、言うところは同じ

であった。

「刀を抜いて、一方的に斬りかかってきたのは浅野様であり、吉良様は、御自分の刀の柄《つか》に、手をかけてもおりません」

というのが、そこにいた者たちの共通した報告であった。

その場では、口論すらふたりはしていないのである。

それを、綱吉は耳にしている。

「何故、吉良に切腹を命じねばならぬのだ」

綱吉の言うことは、理屈に適《かな》っている。

保明にしても、訊ねたのは、形式上のことであり、もとより綱吉の決定にさからうつもりは毛頭ない。

「承知いたしました」

これであっさりと、長矩切腹、吉良にはお咎《とが》めなしということになってしまったのである。

「浅野内匠頭長矩切腹」

の上意を持って、検使役が田村邸にやってきたのは、長矩が湯づけ二杯を食べ終えて、ほどなくしてからであった。

大目付の庄田《しょうだ》下総守《しもうさのかみ》安利《やすとし》、目付の大久保《おおくぼ》権左衛門《ごんざえもん》忠鎮《ただしげ》と多門《おかど》伝八郎《でんぱちろう》重共《しげとも》の三名である。

田村は驚いた。

まさか、これほどに早く、長矩に切腹が申し渡されるとは思ってもいなかったからである。

切腹場所は、田村邸の出会之間《であいのま》に面した庭と決まった。その庭に、筵《むしろ》を敷き、その上に二枚の畳を載せ、さらにその上に毛氈《もうせん》を敷いた。

この時に、ようやく駆けつけてきたのが、長矩の側用人《ごようにん》で児《こ》小姓頭《ごしょうかしら》の片岡源五《かたおかげんご》右衛門《えもん》である。

「何とぞ何とぞ、わが主に最後のいとまごいを――」

と、田村の家臣に頭を下げるのだが、田村も家臣も、ここで何か面倒をおこせば自分たちの身があやうくなるので、これを承知しない。

「お願い申しあげます」

と、源五右衛門が地に両手をつき、頭を下げているところへ、

「かまわぬ」

そう言ったのは、検使役の多門伝八郎であった。

「浅野殿に、仰《おお》せ渡《わた》しを読みあげる時に、もの陰から主人の姿を見せてやるがよい。刀を置いてゆかせれば、万が一のことあろうとも、田村殿の家臣で取りおさえればよいだけのことではないか」

多門伝八郎がそう言ったので、田村としては、肩の荷がおりた。これで、何かあっても自分の責任ではないということになったからである。

庄田安利、大久保権左衛門、多門伝八郎が出会之間に座しているところへ、裃《かみしも》の死に装束を身につけた長矩がやってきて、三人の前に着座した。

いかめしい顔をした正使である庄田から、長矩に、

「其方儀《そのほうぎ》、意趣これある由《よし》にて、吉良上野介を理不尽に斬りつけ、殿中をも憚《はばか》らず、時節柄と申し、重畳不届至極《ちょうじょうふとどきしごく》に候《そうろう》。これにより切腹仰せ付けらる」

と、「上意之趣」が申し渡された。

「今日《こんにち》、不調法《ぶちょうほう》なる仕方《しかた》、如何様《いかよう》にも仰せ付けらるべき儀を、切腹と仰せ付けられ、有り難く存じ奉り候――」

長矩は、こう答えている。

むろん、長矩も死罪は覚悟していた。

しかし、同じ死罪でも、打ち首と切腹とは意味が違う。

打ち首というのは、罪人の首を、刑として斬ることである。切腹というのは、自ら腹を切って死ぬことである。切腹の場合も、介錯人《かいしゃくにん》が、首を斬ることになるが、こちらの方は、切腹した人間が苦しまぬように首を斬ってやるわけで、打ち首とは意味が違ってくる。

そもそも、自ら腹を切るだけでは、人はなかなか死に至らない。腹を切れば痛いし、その痛みをこらえて、自らにとどめを刺すまで腹を抉《えぐ》ることなど、できることではない。死ぬまで何時間も、腹を切った者はそこで苦しまねばならない。この苦しみを短くしてやるのが介錯人の役目である。

ちなみに、自ら腹に刀を差し入れて、横に引くといっても、なかなか、覚悟と度胸だけではこれを最後までやり通すことはできない。自《おの》ずとそこには技術がある。

右手で切腹する場合、まず、紙を刀身に巻いて、そこを逆手《さかて》に握る。次に、これが肝心《かんじん》なことだが、左手を、露《あら》わになった自分の腹の右側にあて、腹の肉をぐっと左側に引き寄せねばならない。そこで、右手に握った刀の切っ先を、腹の左側に、突きたてるのである。左側に寄せられた腹の肉は、右側にもどろうとするので、その動きを利用して、緊張と痛みのため硬く強《こわ》ばった腹筋を横一文字に掻《か》き切るのである。

そして、首が落とされる。

長矩も、武士であれば、そういった作法のひと通りは心得ている。

庭へ出て、長矩は着座した。

眼の前に三宝《さんぽう》があり、そこにこれから自らの腹を抉ることになる小刀が置かれている。

すでに暮れ六つを過ぎている。

陽《ひ》は没しているが、まだ、あたりは薄明るい。

元禄十四年三月十四日——グレゴリオ暦でいえば、一七〇一年の四月二十一日である。

庭に、桜の樹が一本生《は》えている。

すでに花は散り、葉桜になりかけているが、散りそこねた花が、数えるほどにはまだ幾つか残っている。

薄闇の中で、花びらがひとつ、枝を離れた。

ひらひらと、その花びらが地に落ちるまで見つめてから、長矩は、ここで辞世の句を詠んでいる。


　風さそふ花よりも猶《なお》我はまた春の名残《なごり》をいかにとかせん

呪いの歌であった。

四

采女《うねめ》は、その日のうちに、義央のもとへ顔を出している。

義央は、采女がやってくると、布団の上に身を起こして、これを出迎えた。

「お気遣《きづか》いはいりませぬ。そのままに――」

と言う采女に、

「横になってばかりでは、かえって疲れる。この方が楽じゃ」

と、義央は、布団の上に座した。

義央は、思いの外《ほか》元気なようで、采女はほっとした。

道有の手当てがよかったからである。

「御心配はいりませぬ。後は養生《ようじょう》なされば、すぐにもとのようになりましょう」

去り際に、道有は、義央にそう言った。

この道有と、義央は、この一件以来心を通わせるようになって、親子の如くに、道有は吉良家に出入りするようになった。それは、義央が死ぬ直前まで続いた。

「あの世へ行き損《そこ》ねたわい……」

義央はつぶやいた。

「行かれたら困ります」

采女は真顔《まがお》で言った。

この好々爺《こうこうや》にしか見えない義理の父を、采女は、本当の父とも思うていた。早くに父をなくした采女にとって、義央は真の父親以上に、情の通うものがあったのである。

落ちついたところで、

「いったい何があったのでございますか」

采女は、義央に問うた。

「それが、わしにもようわからぬのじゃ」

義央は、正直なところを口にした。

「浅野殿、たいへんな癇癪《かんしゃく》持ちとは、耳にしていたが、これほどとは——」

義央は、小さく頭《かぶり》を振った。

「以前の時は、無事にお役目を果たされたのでござりましょう」

采女の言う以前、というのは、天和《てんな》三年（一六八三）、十八年前のことだ。この時も、浅野長矩《ながのり》は同様に勅使饗応《ちょくしきょうおう》役《やく》を務《つと》めており、やはり吉良上野介義央が饗応の指南をしている。つまり、今回は、長矩にとっては二度目の饗応役だったのである。

「そうじゃ、あの時は無事にすんだ」

「しかし、今度は……」

「わしにもな、いたらぬところはあった――」

「それは、どのような」

「お役目でな、二月二十九日まで、京へ出向いていたのじゃ。それ故、充分な饗応指南ができなんだ」

「世間では、父上が、わざと浅野殿に、肝心なことを教えなかったと言う者もおります」

「馬鹿言え。もしも、浅野殿がしくじったら、それは、饗応指南役たるこのわしの責任じゃ。たとえ、いやな相手でも、やるべきことはせねばならぬ。しかし、相手がいらぬ世話じゃと言えば、そこを無理にというわけにもいかなかろう」

「何かあったのでござりますか」

采女は、さっきの質問を、もう一度くり返した。

「あったと言えばあった。しかし、殿中で刃傷沙汰《にんじょうざた》をおこすほどのことではない」

「と言いますと?」

「浅野が、包んできた金が、七百両だったのじゃ」

「七百両」

「ぬしは知らぬであろうが、饗応には金がかかる。その金を出すのは、毎年、饗応役を仰《おお》せつかった藩ということになっている。それが、千二百両じゃ……」

「千二百両……」

「そうじゃ、指南料として、多少はこの義央の懐《ふところ》にも残すが、多くは饗応の費用として消えてゆくべき金じゃ」

「それが、七百両であったということですか――」

「そうじゃ」

「七百両では足らぬと?」

「足らぬ」

義央は溜《た》め息《いき》をついた。

この金を受けとった時、吉良側は、
以前より少のうございますな――

そう言ったのだが、どうも向こうも煮えきらない様子で、

「今度《こたび》は二度目のことにござりまする故……」

浅野側がそう言ったというのである。

二度目であるので、委細《いさい》は承知している、指南料はこのくらいが適当であろう——

そういうことらしい。

「吉良様、二月二十九日まで、京の方へお出かけでござりましたな」

浅野側は、そうも言った。

義央が、京の方へ出かけていて、指南できぬのに、どうして、常の通り千二百両も払わねばならないのか——そういう理屈であるらしい。

しかし、義央が京へ出向いたのは、お役目の上でのことで、自らが行くことを決めたわけでもなければ、自らが日程を決めたわけでもないのだ。

指南料千二百両といっても、それは慣例としてのことであり、決まっているわけではない。

義央は、鼻白んだ。

「わしも、今度は手取り足取り教えたわけではない。訊ねられればもちろん教えはするがむこうも意地になっておるから、訊ねにはこない——」

さすがに義央も不安になった。

長矩に作法を間違えられたら、その責任は自分にある。あやうそうなところをそれとなく訊ねたり、他からそれとなく伝わって、作法の順などや心を配らねばならないところがどこかということなどを、長矩の知るところとなるように計らったのだが、これがまた長矩にとっては気に入らない。

いやみな人物じゃ——

長矩は、義央をそう見ている。

いったんいやとなったら、義央のやることのあれこれがみな気にいらない。もちろん、義央とて、長矩を好きになれないが、役目は役目だ。それとなく、長矩の様子はうかがっている。

これを長矩は、

「自分がいつ失敗するか、あら捜しをしている」

と見た。

そして、勅答当日——則《すなわ》ち今日の朝、長矩の姿を見て義央は驚いた。

長矩は、本来であれば、この日の礼服として、烏帽子素袍《えぼしすおう》を身につけねばならぬところ、長裃《ながかみしも》で姿を現わしたのである。

「浅野殿、それは違いまするぞ」

思わず、衆目《しゅうもく》のあるところで、義央は長矩に注意をした。

「早くお着替えなされ、本日、勅使の登城も早まった故、お急ぎなさされるがよかろう」

このように、義央は言ったのである。

この瞬間、長矩の顔から、すうっと血の気がひいて、青白くなった。しかし、義央も、長矩の機嫌をとったりしている間はない。勅使の登城が早まったため、だんどりをつけなおさねばならぬことが、山のようにあるのである。

「もろもろのことは、自分がやっておく故、心配はいらぬ」

そうつけ加えたのである。

「思えば、それも、いらぬことを言うたかもしれぬがなあ……」

義央は、また、溜め息をついた。

その後、件《くだん》の事件が起こったのである。

「痞《つかえ》じゃ」

義央は、采女に言った。

「つかえ?」

「道有殿も言うていたが、長矩殿は気が短い。いったん怒ると、見さかいがきかなくなる」

『栗崎道有記録』には、長矩が癇癪《かんしゃく》持ちであったことが書かれているし、室鳩巣《むろきゅうそう》の『赤穂義人録』には、

〝長矩、人と為り強梗《きょうこう》にして、与《ため》に屈下せず〟

とある。

旗本の伊勢《いせ》貞丈《さだたけ》が書いた。『四十六士論評』によれば、長矩の弟浅野長広《ながひろ》の話として、こんなことが記されている。

内匠頭《たくみのかみ》は、性格が〝甚だ急な〟人物であったというのである。

長矩は、ある時、吉良に賄賂《わいろ》を贈るべしと、家臣から進言されたことがあったというのだ。

これに対し、長矩は、

「武士たるもの、追従をもって賄賂を贈り、それでお役目を務めようというのはもってのほかじゃ」

そう言って怒ったというのである。

「まあ、血であろうよ」

義央は言った。

「血？」

采女は、義央が何のことを言っているのかわからない。

「城から帰る前、梶川《かじかわ》殿から聴かされたのだが、長矩殿の縁者に、同様の刃傷沙汰を起こした者がいるのじゃ」

「それは、どなたです」

「長矩殿のお母上、波知《はち》殿の弟に内藤忠勝《ないとうただかつ》というのがおる」

義央は、采女の様子をうかがいながら言った。

義央が口にした内藤忠勝だが、この人物も、延宝《えんぽう》八年（一六八〇）に、似たような事件を起こしている。

四代将軍家綱《いえつな》が死したおり、芝増上寺《しばぞうじょうじ》で行なわれた法会で、忠勝は警固の役を命ぜられている。この時、同僚の永井尚長《ながいなおなが》という人物が、うっかり連絡を怠って、忠勝が恥をかいたということがあった。

これを恨んで、忠勝は、永井尚長を殺害してしまったのである。

忠勝は切腹、御家は断絶ということになったのが、ちょうど、二十一年前の六月のことだったのである。

「そういうことがあったのでござりますか」

「うむ、あった……」

そう言って、さすがに疲れを覚えたのか、義央は布団の上に仰向けになった。

横になった義央を見つめながら、采女はあることを思い出していた。

何年か前、鉄砲洲で見た駕籠に乗った女のことだ。あれが、今、長矩の妻である阿久里なら、あの顔の痣は、長矩に殴られたものであったのではないか。痞《つかえ》もちの長矩にはたかれて、そっと海を見るために屋敷から出てきたところであったのではないか。

しかし、真相がどうであったかは、もちろんわかるはずのないことであった。

「まだ痛む」

仰向けになった義央がつぶやいた。

それを潮時と考えて、采女は、吉良家を辞したのであった。

五

その日の夕刻、其角《きかく》は、吉原《なか》の二階で、紀伊国屋文左衛門《きのくにやぶんざえもん》と、三味線《しゃみせん》の音《ね》を聴いていた。

酒の香に混ざって、あたりに漂っているのは、異臭であった。

上等な匂いではない。

人の排泄物《はいせつぶつ》か、魚の腐ったような臭いである。

畳の上に、染め付けの大皿があって、その上にくさやの干物が載っているのである。

それを肴《さかな》にして、文左衛門と其角は飲んでいるのであった。

くさやの横には、まだ青い紅葉《もみじ》の葉が三枚載っている。

「そうかい、これを今朝見つけたのかい」

文左衛門が言った。

「はい」

其角は嬉しそうに言った。

「しまやの店先にね、こいつが並んでたんで。その間に、この紅葉の葉が三枚、挟まってたんですよ」

其角は、時間のあるおりには、河岸《かし》へ顔を出している。

島から届いたくさやの干物を置いてある店を覗いては、

「紅葉の挟まってたくさやはなかったかい――」

と、声を掛けてゆく。

このところ、それが其角の日課となっている。

朝湖が島送りになってから、すでに三年になる。

朝湖のことは、時おり話題にはなるが、以前ほどには多くなくなっている。江戸では、朝湖は、すでに過去の人間になっているのである。

それが、其角はくやしい。

〝おいらが作るくさやに、おつな紅葉をはさんでおくからよう〟

というのは、別れ際の朝湖の言葉である。

最初は、朝湖が島に送られた翌年だった。

下僕《げぼく》の者が、それを見つけた。そのくさやで茶会を開き、縁のある者たちを呼んで、遊んだ。以来、紅葉を挟んだくさやは見つかっていない。

いくら、朝湖が、本当にくさやの干物を作る時に紅葉の葉を挟むといっても、そういつもやれることではないであろう。やったとしても、江戸までくさやが運ばれる間に、どこかで落ちてしまうであろう。

落ちなくとも、紅葉の葉を見た者が、

「邪魔だ」

とばかりに、それをとって捨ててしまうかもしれない。

そうとわかっていて、其角は紅葉の挟まったくさやを捜し続けていたのである。

もしも、自分があきらめてしまったら、朝湖と自分との、朝湖と江戸との絆《きずな》が切れてしまう――そう考えていたのである。

みんなの口にする話題からも、朝湖の名が聴かれることが少なくなった。

自分だけは、忘れちゃならねえ――

それが、其角の意地であった。

見つけた時、其角は、

「馬鹿やろう」

思わずそう口にしていた。

「本当にまだこんなことやってやがったのかい、兄《あに》さん――」

涙声になった。

今、酒を飲みながら、そのくさやと紅葉を其角は文左衛門とふたりで眺めている。

それを眺めながら、

「馬鹿だねえ」

文左衛門はつぶやいた。

「おい、今日は、三人分払うよ。今夜は、島から朝湖が遊びにやってきたんだ。このくさやと紅葉と、添い寝してくれるなァ、誰だい」

文左衛門が言うと、

〽波こえて
もどりガツオと
添い寝する
ぬしとわたしのクサい仲

と、撥《ばち》をあてていたおだまきが、即興で唄った。

「なら、決まりだ。今夜の朝湖の相手はおだまきだ」

文左衛門がそう言った時、階段をあがってくる足音がして、松の廊下の一件が、其角と文左衛門のところへ、もたらされたのである。

巻の十八　討ち入り前夜

一

朝湖《ちょうこ》は、絵筆を握っている。

朱を含ませた筆で、不動明王《ふどうみょうおう》が背にした火炎を描いているのである。

朝湖の額には、汗が浮いている。

三月——

江戸では四日前に、松の廊下で刃傷沙汰《にんじょうざた》があったのだが、まだ、その知らせは朝湖のもとまでは届いてない。朝湖は、ただ一心に絵筆を動かしている。

海からの風が、朝湖の額の汗を奪ってゆくが、それでも、皮膚の下から滲《にじ》み出てくる汗の方が多い。だから、時おり、袖《そで》でその汗をぬぐわねばならない。

三宅島《みやけじま》は、すでに夏の温度である。

朝湖は、いらだっていた。

汗が落ちて、絵の上に染みをつけた。

「くそう……」

朝湖は、筆を置いて、不動明王を睨《にら》みつける。

いきなり、朝湖は、不動明王の姿が半分描かれた紙を摑《つか》みあげ、それをふたつに引き裂いた。

「くだらねえ」

引き裂いた紙を丸めて、畳の上に叩《たた》きつける。

「どうしたの」

台所から、お松《まつ》が出てきて、朝湖と、朝湖の前に落ちている、丸められた絵を眺めた。

「くだらねえ絵だから、丸めて捨ててやったんだよう」

朝湖は、剝《む》き出しの毛脛《けずね》を組んで唸《うな》った。

「またなの？」

そう言って、お松は丸められた絵を拾って、畳の上に広げた。ふたつに裂かれた不動明王の上半身と下半身を合わせてやる。

「上手に描けているのに――」

とお松は言った。

「その絵のどこが上手で、どこがいいって言うんだ。そんななァ絵じゃアねえ」

「だけど、与次兵衛《よじべえ》さんのところから注文をいただいた絵でしょう。もったいない」

「もったいなかあねえ。そんな絵、いつだって、いくらだって描いてやらあ」

「でも――」

「うるせえ、汗が落ちて染みをつけたんだ。こんな絵、出せるか」

「だいじょうぶよ。その絵でも、与次兵衛さん、きっと悦《よろこ》んでくれると思う」

「あいつに、絵の何がわかるってんだ。おめえに、絵の何がわかるってんだよう」

朝湖は、腕を組んで、そっぽを向いた。

朝湖の顔の先に、青い海が見える。

汗が落ちたというのは、きっかけだ。汗が落ちなくたって、やぶり捨てたかったところだ。

絵とお松にやつ当りだ。

やつ当りだとわかっている。

わかっているが、言葉の口から出てくる。

「話が来るなあ、七福神だの、菅公だの、お不動さんだの縁起《えんぎ》ものの絵ばっかりだ。こんな絵、このおれの描く必要が、どこにあるってんだ。この炎の色を見ろ。何が炎だ。小便の跡みてえな朱《あか》じゃあねえか」

「だけど、あんた……」

「うるせえ」

朝湖は、叫ぶなり、立ちあがって、素足《すあし》のまま外へ飛び出した。

「あんた、どこへ行くの」

「知るか」

朝湖は歩き出した。

足の裏は、丈夫にできている。どうってことはない。

〝どこへ行くの〟

か。

朝湖は、胆《はら》の中でお松の言葉をくり返した。

どこへ行くったって、どこへも行けやあしねえ。

どうせ、この三宅島の中だ。

筆が荒れている。

それがわかる。

自分で、くだらぬ絵だと思ってるものを褒められたって、どれほどありがたがられたって、少しも嬉しくない。

絵は見られてなんぼのもんだ。

たったひとりでいい。絵をわかって、絵を見てくれる者がいなけりゃあ、描く方だってはりあいがない。はりあいがないから、どんなにがんばってもどんなにきばっても、それが絵に出てしまう。

おれは、島の人間を馬鹿にしてるってことだな。いやな野郎だ。鼻もちならねえ。

江戸で、今のおれみてえな野郎を見つけたら、おれはおれをぶんなぐってるところだ。

知らぬ間に、ほろほろと涙が溢《あふ》れてくる。

後悔なんかしてやらねえぞ。

おれにだって、意地はあらあ。

くだらねえ絵でも、他の流人《るにん》よりは、ちったあましなおまんまにありつけてるんだ。

お松だっている。

美人たあ言わねえが、不細工《ぶさいく》じゃあねえ。あっちの方は、具合がよくて、充分おつりがくるくれえだ。

朝湖は、ぶつぶつとつぶやいている。

胆でつぶやいているのか、口に出してつぶやいているのか、朝湖自身にはわかってない。

海を、左に見ながら歩いている。

空が青い。

海が青い。

雲が白い。

波が白い。

風が、海から吹きあげてくる。

風の中を朝湖は歩いている。

島に来た当初は、小屋とも言えぬほど粗末な家に住んでいたのだが、四年目になる今は、少しはましな家に住んでいる。阿古《あこ》村のそこそこの家に寝起きして、そこで、酒や米、蓑笠《みのかさ》などの雑貨を商《あきな》っている。

ここに空き家が出たので、そこを借りたのだ。いわゆる地借流人である。

普通の流人は、流人小屋に暮らすことになるのだが、朝湖のような、学問もあり、絵師という特別な技芸に秀でた人間は、自分の家を借りることもでき、〝水汲女《みずくみ》〟という、自分の身の回りの世話をさせる女を雇うこともできたのである。

〝水汲女〟であるお松は、島における朝湖の〝妻〟と言っていい。

島内や、御蔵島《みくらじま》、新島《にいじま》などからも絵の注文はあり、絵師として生きてはいる。

しかし、そうか。

これが、本当に絵師として生きていると言えるか。

青い海原の向こうに、新島の島影が見える。その向こうに見えるのは、伊豆の山並か——

そして、その向こうには、富士山が見えているのである。

胸が締めつけられた。

江戸は、あの富士の右手方向のはずだ。江戸から見える富士の大きさは、これほどの大きさであったたか。

朝湖は、立ち止まって、富士を眺めた。

「其角《きかく》よう……」

朝湖はつぶやく。

「誰か、このおれを褒めてくれ。おれの絵を誰か上手に褒めてくれ……」

その言葉を、微風が、空にさらってゆく。

負けちゃならねえ——

何としても、何としても、絵を描くための炎を、胸中にかきたてねばならない。

この頃は、海で釣りをすることも減ってしまった。

それでも、時おりは磯に出て、糸を出したり竿《さお》を出したりする。釣りをしていれば、時間はながれてゆく。その時間、どうすごしていいかわからぬ時は、糸をたれる。それで、生きていることの間《ま》がなんとか保たれている。

考えてみれば——

あの時、あれほど、吉原《なか》で遊んだり、釣りをするのが楽しかったのは、仕事をしていたからだと今はわかる。絵を描いていたからこそ、いくらでも遊べたのだ。かつては遊びであった釣りが、今は以前ほど楽しくない。しかし、その楽しくなくなってしまった釣りにすがるようにして、自分はかろうじて息をしているような気がする。

「おれあ、負けねえ……」

何に負けないのか、何に負けたくないのかはわからないが、朝湖はその言葉を海に向かってつぶやいていた。

二

床の間に、軸《じく》が飾ってある。

遊女が、裾《すそ》から白い脚をさらし、その膝《ひざ》を立てて三味線《しゃみせん》を弾いている姿が、そこに描かれている。

大きな杯が、遊女の横に転がっているが、酒がこぼれていないことから、その杯が空であるとわかる。遊女が、みんな飲んでしまったという意であるらしい。

よく見れば、三味線の棹《さお》の部分は、釣り竿であり、撥《ばち》のかわりに遊女が右手に握っているのは、鯛《たい》である。鯛の尾鰭《おひれ》を撥に見たてて、遊女が三味線を弾いているのである。

はまの屋の二階――

どこで鳴くのか、つくつくぼうしの声が、ここまで届いてくる。

そこに集まっているのは、まず、其角である。

紀伊国屋文左衛門《きのくにやぶんざえもん》の顔があり、津軽采女《つがるうねめ》、兼松伴太夫《かねまつともだゆう》の顔もある。阿久沢弥太夫《あくさわやだゆう》、松本理兵衛《まつもとりへえ》、仁兵衛《じんべえ》、長太夫《ちょうだゆう》もそこにいる。

ふみの屋——つまり水戸光圀《みとみつくに》は、昨年に亡くなって、すでにこの世の人ではない。

紀伊国屋が、三宅島の朝湖に注文をして、しばらく前に届いたのがこの絵であった。

その絵を眺めながら、一杯やろうというので、この日、一同が集まったのである。

七月——

当初は、まず、采女へのねぎらいの言葉から始まった。

皆、当然ながら四ヵ月余り前に起こった松の廊下での事件については、充分に承知している。浅野内匠頭《あさのたくみのかみ》に斬りつけられた、吉良上野介《きらこうずけのすけ》が、采女の義理の父であったことも知っている。

ふた月ほど前に、すでに赤穂《あこう》城の引き渡しもすんでいるが、世間では、いまだにこのことが、人々の口の端《は》にのぼっているのである。

「お気になされぬのが一番でござりましょう——」

と言ったのは、紀伊国屋である。

世間では、吉良の悪口を言う者が多い。赤穂の浪士たちが、仇討《あだう》ちを企てていると の噂《うわさ》も、まことしやかに伝えられている。

そして、その世間の風聞によって、吉良本人のみならず、吉良家および吉良家ゆかりの者や、その使用人たちまで、その悪い方の噂に巻き込まれてしまっているのである。

「たいへんでござりましたな」

とつぶやいたのは、阿久沢弥太夫である。

細かいことまでは口にしない。

しかし、本気で采女のことをねぎらっているのはわかる。

「赤穂がおとりつぶしになったのは、あわれじゃが、その恨みを吉良様に向けるというのは筋違いでござりましょう」

と、長太夫は言った。

冷静な思考をできる者は、誰もが、被害者は吉良上野介であり、加害者が浅野内匠頭であるとわかるが、風聞はそうではなく、その風聞によって、民の心はたやすくあやつられてしまうのである。

采女にしても、ここで愚痴を言うわけにはいかない。また、吉良側の身内である自分が、あからさまに世間の悪口を言うのも、はばかられるところであった。

ただ、

「ありがとう存じます」

そう言って頭を下げるだけだ。

絵と、朝湖へ話題が移ったのは、そういう儀礼がすんでからであった。

まず、紀伊国屋が、挨拶《あいさつ》をして、皆がそれぞれに、絵と釣りのことを話題にした。

「この遊女は、朝湖さんでござりましょう」

と言ったのは、仁兵衛である。

大酒をくらって、ほろ酔いで三味線を弾いている。

三宅島じゃあ、自由に釣りをして遊んでいる――朝湖が、絵を借りて、皆にそう言っているように見える。

朝湖の強がりと見れば、そこにあわれな風情《ふぜい》も漂っている。

「あにきのやつ、無理しやがって――」

其角は、仁兵衛の言葉に、眼を赤くしている。

「その軸の手でござりますが、少し粗いように見えます」

そう言ったのは、采女である。

確かに、その素木《しらき》の軸の作りが、どこかぎこちない。

「お気づきになられましたか」

と言った其角の眼には、もう、溢れる寸前にまで涙が溜《たま》っている。それが溢れる前に、其角は涙をぬぐって、

「あにきの手作りのようで……」

そう言った。

「軸だけじゃあねえ、紙表装の唐草文も、あにきが型紙を作ってそれで刷ったようだし、紐《ひも》まで自分で縒《よ》ってるみてえで——」

どれも、手が粗い。

無理はなかった。三宅島には、表装の技術を持った者も、職人もいない。軸装は、朝湖が手ずからやるしかなかったのである。

軸の素木を、自分で削り、紐を縒っている朝湖の姿が、采女の脳裏に浮かんだ。

絵の手も荒れているようであり、絵の具の色も、量も、充分でないように見える。

筆の動きも流麗でない。ここにあるのは、朝湖の残骸《ざんがい》である。

「お頼み申します」

いきなり、其角が畳に両手をついた。

「あにきゃあ、自分じゃあ言えねえ。もっと絵の具が欲しいとねだりてえところをねだらねえ。あたしは迂闊《うかつ》でした。朝湖のあにきの心情を、もっと考えてやらにゃあならねえところを気がつかなかった。こうなったら、あにきが、島で目ェくらますほど、岩彩《がんさい》や、筆や、紙や、道具を、山のように送ってやりてえんで——」

其角は頭を下げた。

其角の手の上に、涙がぽたぽたと落ちる。

「金は、あたしが出します。筆を集めるのもあたしがやります。ただ、島へそれを送る時に、皆様のお名前を拝借《はいしゃく》させてもらいてえんで。どうか、どうか、あたしゃ、あにきを負けさせるわけにゃいかねえんで――」

巻の十九　討ち入り

一

其角《きかく》は、眠れぬまま、寝床の中で何度も寝返りを打っていた。

横では、服部嵐雪《はっとりらんせつ》が、鼾《いびき》混じりの寝息をたてている。

元禄《げんろく》十五年（一七〇二）十二月十四日深夜――

すでに夜半をまわっているので、正確には十五日になっているのだが、まだ眠りについていない其角にとっては、十四日の深更という感覚である。これが夏であれば、そろそろ東の空が明るくなってくるかという頃あいであった。

本所《ほんじょ》の土屋主税《つちやちから》の屋敷だった。

主税は、常陸国土浦《ひたちのくにつちうら》の城主土屋土佐守《とさのかみ》の弟で、八千石の旗本である。都文《とぶん》と自ら称する粋人で、其角とは俳諧《はいかい》の仲間であった。

十三日から江戸では雪がちらつきはじめ、十四日にはそこそこ積もるであろうと考えた主税こと都文が、俳諧の仲間を屋敷に呼んで、年忘れの雪見の会を催したのである。

それが、この日——十二月十四日であった。

其角は、嵐雪、杉風《さんぷう》らとともにやってきて、会が開けた後、この屋敷に泊まったのである。

酒も入っていて、普段であればすぐに眠ってしまうところなのだが、嵐雪、杉風が寝息をたてはじめてだいぶたつというのに、其角だけ、まだ眠れずにいるのである。

眼は閉じているのだが、目蓋《まぶた》の内側で、目玉が煌々《こうこう》と光を放つが如くに起きているのである。

冴《さ》え冴《ざ》えと闇の中で目蓋の内側へ視線を尖《とが》らせていると、雨戸の向こうで、庭の地面に降り積もってゆく、雪のひとひらずつの音までが聴こえてきそうであった。

何故《なぜ》、眠れぬのか。

思いあたることと言えば、子葉《しよう》のことだ。

子葉とは俳号で、本名は大高源吾《おおたかげんご》といって、其角の俳諧の弟子である。浅野《あさの》家に仕える赤穂《あこう》の武士であったのだが、松の廊下の一件で、浅野家がおとり潰《つぶ》しとなり、浪人となってしまった。

以来、ずっと顔を見ていなかったのだが、昨日、十三日の昼、偶然にその子葉と出合ったのである。

場所は両国橋であった。

両国の方へ橋を渡りかけたところで、むこうからやってくる煤竹《すすたけ》売《う》りと出合ったのである。この日、十二月十三日は煤払いの日であり、束ねた煤竹を担いで、これを売り歩く煤竹売りを見かけるのは、それほど珍しいことではない。

ただ、その煤竹売りの顔に見覚えがあったのである。

担いだ束ねている竹の陰へ、顔を隠すようにして通り過ぎようとしたその煤竹売りに、

「ちょいと、煤竹屋さん――」

其角は声をかけた。

明らかに聴こえぬふりをして、行き過ぎようとする煤竹売りの背へ、

「煤竹屋さん」

さらに其角は声をかけた。

「へい」

と答えて、煤竹屋は足を止めた。

顔を伏せている煤竹屋に近づいて見れば、確かに子葉である。

そこで初めて、其角は声をかけたことを後悔した。

その姿を見られたくなかったと、子葉の全身が言っているのである。

明日、都文のところで年忘れの会がある、よかったらどうかと、そういう間の抜けた声のかけ方をしてしまいそうになるのを危うく其角はこらえた。

其角は沈黙した。

子葉が、ゆっくりと顔をあげた。

その頰《ほお》へ、ちら、ちらと雪が降りかかる。

両国橋も、薄く雪を被《かぶ》って白い。

「年の瀬や水の流れと人の身は……」

思わず其角がつぶやいていたのは発句《ほっく》であった。

子葉の沈黙は短かった。

「——あしたまたるるその宝船」

子葉が言った。

その顔と、其角はしばらく向きあった。

と――

無言で子葉は頭を下げ、そのまま其角と眼を合わせることなく背を向けて、去っていったのである。

その後ろ姿が、まだ、其角の脳裏から去ってゆかないのである。

子葉のことを考えてしまうから眠れぬのか、眠れぬから子葉のことを考えてしまうのか、自分で自分の心が、其角にはわからない。

このところ酒量が増えている。酒が過ぎると、かえって寝つかれぬところがある。今夜のこれがそうであるのかどうかは、わからない。

この都文の屋敷の隣りが、吉良上野介《きらこうずけのすけ》の屋敷であるというのも、眠れぬ理由のひとつではあるのかもしれない。

子葉――大高源吾は、赤穂の浪人である。

世間では、赤穂の浪人たちが集まって、いずれ、主《しゅう》である浅野長矩《ながのり》の仇《あだ》を討とうとしているとの、もっぱらの評判である。吉良家の方も、それを意識して、警固の浪人を雇って、屋敷内に置いている。

しかし、おそろしいのは世間である。

世間は、いずれも皆、赤穂の浪人たちの味方である。赤穂の浪人たちに肩入れをしている。だが、これはおかしいのではないか。そもそもの原因は、殿中において、浅野長矩が刀を抜いて、吉良に斬りかかったことだ。吉良の方は、刀も抜かず、抵抗すらしていない。喧嘩両成敗の理屈は、ここには通りようがない。浅野が罰せられるのは当然のことである。

しかし、世間はそう考えない。

もしかしたら、赤穂の浪人たちも、この世間にのせられてしまっているのではないか。

いつか、赤穂の浪人が吉良邸に討ち入りをする——そういう期待が世間では高まっている。その浪《なみ》に、赤穂の浪人たちも背を押され、やらねばならぬ、やらねば面目が立たぬと考えるようになってしまっているのではないか。

討ち入りを考えている浪人たちは、浪人した赤穂の家来衆の中の、ごく一部であろう。その一部の人間たちが、世間の期待を背に負ってしまっているのではないか。

何か起こる。

何か起こらねばならない。

それが起こらねば納得しない世間がある。

この自分も、その世間にのせられてしまっている。そして、そういう自分自身もまた世間の一部なのだと、其角は自覚している。

津軽采女《つがるうねめ》の顔が浮かんだ。

吉良は、采女の義理の父だ。

采女からも、吉良の様子は多少は耳にした。

吉良は、弱り果てている。

浅野長矩が、そもそもの原因であり、たれがいけないのかと言えば、長矩がいけない。それは理屈として理解している。しかし、その理屈とは別に、赤穂の浪人たちに何かを期待している自分がいる。

どこか哀れであった。

吉良も哀れ、赤穂の浪人たちも哀れ。

彼らは、いずれも、所詮《しょせん》はそういう世間によって、時代の前に引きだされてしまった贄《にえ》なのではないかと思う。

生類憐《しょうるいあわれ》みのことで、世間には鬱屈《うっくつ》が溜《たま》っている。

その押さえつけられたものが、赤穂の浪人たちの仇討ちというかたちとなって、噴き出ようとしているのではないか。

寝床の中で、其角は、長い間、煩悶《はんもん》を繰り返していた。

と――

そこへ、何かがふいに聴こえてきた。

太鼓の音だ。

そして、鬨《とき》の声――

何事か!?

討ち入りか。

其角は、かっ、と眼を開いた。

上体を起こす。

どん、どん、という低い音も聴こえている。

大きな槌《つち》で、門を叩《たた》く音だとわかった。

「嵐さん、始まりやがったぜ」

其角は、立ちあがっていた。

嵐雪が、何か口の中でもごもご言いながら身を起こしたようだったが、それを其角は背後に聴いていた。

暗いが、家の中の勝手はわかっている。

廊下を小走りに進んで、雨戸を開けた。

ふわりと、柔らかな白が眼に入った。庭に積もった雪だ。

いつの間にか、雪は止《や》んで、空の雲が割れて、そこに月がのぞいている。

ぬいだはきものを載せるための石があり、そこに下駄が置いてあった。

その下駄の上に積もった雪を素足ではらって、それを履いた。

寝巻一枚。

冷たい夜気の中に出ると、いきなり体温を奪われて、ぞくりと身が震えた。

鬨の声は、まだ聴こえている。

門を打つ音も、響いている。

背後にした都文の屋敷の中に、人の起き出す気配があった。

其角は、雪の中を走って、門の横の木戸を開け、外へ出た。

雪の上を、人影がばらばらと動いている。

「火事じゃ、火事じゃ」

という叫び声と、いよいよ激しく門を打つ音。

そこへ、駆け寄ってきたのは、大高源吾ともうひとり、これはあとで其角は知ったのだが、堀部弥兵衛《ほりべやへえ》であった。

その肩に、梯子《はしご》を担いでいる。

「其角様――」

大高源吾は言った。

「主の敵討《かたき》ちにござる。おかまい下されるな！」

叫ぶように、大高源吾は言った。

大高源吾が被った笠の上に、薄く雪が積もっている。

「我雪と思へば軽《かろ》し笠の上――」

思わず其角はそう口ばしっている。

「かたじけなし」

大高源吾は、うなずき、梯子を担いだまま、走り去り、吉良邸の表門にその梯子を掛け、ひといきに登って、内側に姿を消していた。

二

同じ晩――

津軽采女もまた、眠れぬままに、夜具の中で寝返りを打っていた。

この夜だけではない。

このところ、眠れぬ晩が続いている。

二日前に、義理の父である義央《よしなか》の屋敷まで行って、話をしている。

義央は、やつれた顔で采女の前に座し、

「すまぬのう、婿殿《むこどの》よ……」

そう言った声まで力がない。

このところ、世間の義央に対する仕打ちには、異常なものがあった。

屋敷の塀には落首を書かれるし、門に犬の糞《ふん》をぶつけてゆく者もいるのである。

世間中が敵であり、早く死ねと義央に向かって言っているも同然の日々が続いている。

その被害は、義央とその屋敷にとどまらなかった。義央の縁者にまで、世間の風は吹きつけていたのである。当然ながら、采女にも、その風は吹いていた。

采女の屋敷の塀にも、義央の屋敷の塀に書かれたのと同様の落首が書かれ、夜、屋敷の中に、鼠《ねずみ》や猫の死骸《しがい》を投げ込んでゆく者もいたのである。

それは、義央の耳にも入っている。

それで、義央は、采女にすまぬと謝まっているのである。

「義父《ちち》上が気にされるようなことではございませぬ」

采女は、なんとか、この義理の父を元気づけてやりたかった。

采女は、この義央のことを、実の父とも思い、愛していたのである。

こういう時に、何がよいかは、采女にはよくわかっていた。

江戸浦へ舟を浮かべて釣りをする。

その舟の上までは、世間の風も届かない。

魚が、鉤《はり》にかかった瞬間は、全てを忘れることができる。

しかし、義央を釣りに連れて行くことはできない。生類憐みのことがあるからである。

義央のところへは、なるべく顔を出すようにしている。

今、采女が居住しているのは、三ツ目橋通り沿いの、竪川《たてかわ》に面した場所だ。義央の屋敷とは、それほど離れてはいない。

義央の住んでいるのは、回向院《えこういん》裏の松坂町《まつざかちょう》である。采女の屋敷と、義央の屋敷の間にあるのは、松平和泉守《まつだいらいずみのかみ》の屋敷などを始めとする武家屋敷が数十軒と、わずかな町屋である。その他は、だだっ広い新田が広がっているだけだ。

義央の屋敷までゆくというのは、それほど手間のかかることではない。

ただ――

「もう、しばらく顔を出さぬことじゃ――」

義央にそう言われてしまった。

言われたからといって、そうですかと、義父のところへ足を向けるのをやめてしまうわけにはいかない。

世間の風に負けてたまるか、という気持ちがある。

世間とは、なんとひどい、容赦のない世界であろうか。

そして、自分もまた、そういう世間の一部であったのだ。

自分はそのことに気づかなかった。

そういう思いが、心の中を、今、めぐっているのである。

少しくらいはうとうととしたであろうか。

采女が、闇の中で眼を開いたのは、ある音が聴こえてきたからであった。

太鼓の音であった。

眼を開いてみれば、何も聴こえてはいない。

気のせいであったか、と思う。

闇の中で耳を澄ませてみたが、やはり何も聴こえない。しかし、確かに何か聴こえたような気がしたのだ。

また、眼を閉じる。

うつらうつらとする。

しかし、何故か、心が騒いで眠ることはできない。

寝ているような寝ていないような、半覚醒の状態で、身体《からだ》は暗い海水の上に漂っているようである。

そこへ——

また、ふっ、と何か聴こえてきたような気がした。

太鼓の音だ。

これは、陣太鼓ではないか。

陰に響き、陽に鳴る。間をあけて鳴ったかと思うと、次には連続した乱れ打ちとなる。

微《かす》かな音だ。

はて——

采女が学んだ軍学は、山鹿《やまが》流である。

承応《じょうおう》元年（一六五二）から万治《まんじ》三年（一六六〇）まで、山鹿素行《そこう》は、赤穂の浅野家に仕えて、山鹿流の兵法を教えている。その後、山鹿素行は、采女の宗藩である津軽家に仕えて、同様に山鹿流を教えている。

采女の生まれる前のことだが、采女が長じて学んだ軍学は、山鹿流兵法であった。

兵法のうちには、鳴物にて合図を行ない、戦況に応じて、鳴らし方を変えたりするものがあるが、山鹿流には陣太鼓はなかったのではないか。しかし、陣太鼓とはいかなるものであるかということについては、その講義を采女は受けたことがある。

そうだ、これは、まぎれもない陣太鼓の音ではないか。

引き太鼓、掛かり太鼓、押し太鼓と打ち分けて、軍の進退を決めたり、兵を鼓舞《こぶ》したりするためのものだ。

また、眼を開く。

音はない。

ただ、胸騒ぎがある。

何故、赤穂のことや、山鹿流のことを、自分は思い出したのか。

津軽家も、浅野家も、山鹿流では兄弟弟子の関係にある。その浅野家の家臣が、自分の義父《ぎふ》である吉良上野介の屋敷に討ち入りしようと画策しているという話は、前から耳に入っている。

「誰《たれ》かある」

采女は声をあげた。

すぐに、

「これに――」

と、襖《ふすま》の向こうから声がかかった。

兼松伴太夫《かねまつともだゆう》である。

「出かける。仕度《したく》を――」

短く采女は言った。

「こんな早朝に、いずれへ？」

「義父《ちち》上の屋敷じゃ」

采女は言った。

三

采女は伴太夫と共に外へ出た。

あたりはすでに薄明るい。

地面にも、屋根にも、塀の上にも雪が積もっている。

すでに雪は止んでいた。

竪川に掛かった三ツ目橋を渡り、左手へ折れた。

大川の方へ向かって、雪を踏んでゆく。

義央の屋敷までは八町ほどだ。

見やれば、二ツ目橋のあたりに、幾つもの人影が動いている。どの人影も、さらにその先の、一ッ目橋の方へ動いているようである。

胸騒ぎがした。

「ゆくぞ」

采女が足を速める。

歩くうちに、雪の上に足跡が見えるようになり、その数がだんだんと増えてゆく。

横手の道から、人が姿を現わし、いずれも、一ッ目橋——つまり、義央の屋敷のある方へ走ってゆく。

「討ち入りじゃ」

「ついに、赤穂の方々が、吉良屋敷に攻め込んだのじゃ」

走る者たちの口から、そういう声が洩《も》れる。

采女は、小走りになった。

人の数はどんどん増えてゆく。

「吉良様が討たれたぞ」

という声が聴こえる。

屋敷に近づくと、

「御免」

「通されよ」

声をかけ、人を掻き分けてゆかねばならなくなった。

「吉良上野介様、首を討たれたようじゃ」

「死になされたか」

「よく、仇《かたき》を討たれたのう」

「近ごろ天晴《あっぱ》れなる話じゃ」

そういう声の中をくぐり、義央の屋敷の前へ出たかと思われた時――

「采女様」

人ごみの中から声がかかった。

見れば、そこに、其角と嵐雪が立っていた。

「其角殿」

采女は、其角に駆け寄った。

「吉良様、どうやら討たれたようでござります」

其角は采女に言った。

どうして、ここに其角がいるのか、それを問うことも采女は思いつかなかった。

「やはり……」

「しばらく前のことで――」

「赤穂の浪士たちは？」

「すでに、屋敷を出て、いずれかへ向かわれたようです。泉岳寺《せんがくじ》へ向かったらしいという噂《うわさ》もありますが、誠のところはわかりません」

「首をとられたと？」

「ちぎった小袖の袖らしきもので、何やら包んだものを、槍《やり》の穂先へ下げている者が浪士の中におられました故《ゆえ》、その袖の中身が……」

その先まで、其角は言わなかった。

其角の心根は、采女にはわかる。

「失礼」

采女は、ともかく其角へ頭を下げ、

「ゆくぞ」

伴太夫に声をかけ、人混みを分けた。

吉良邸の門が見えた。

門の扉が壊されている。

見物人たちは、それを遠巻きにして眺めている。

采女は、伴太夫と共に門をくぐった。

「津軽采女にござります。采女にござります。どなたか——」

庭は、足跡で雪が乱れに乱れ、そこへ血もこぼれており、屍体《したい》が幾つか倒れていた。

その上へ、薄くあらたな雪が積もっていたため、悲惨さはまだそれほどでもなかった。

屋敷の雨戸のほとんどは破られていた。

采女は、そこから屋敷の中へ入った。

血の海だった。

むっとするような血の臭いに、顔を拳《こぶし》で打たれたような気がした。思わず、顔をそむけたが、そむけたその方にも、人の腕が落ちている。

酸鼻《さんび》、という言葉がある。

血の臭いがあまりに凄《すさ》まじいため、鼻の奥が思わず酸《すっ》ぱくなる——という意味だ。

そこで、采女が見たのは、まさしく酸鼻きわまりない光景であった。

屏風《びょうぶ》や、障子《しょうじ》は蹴倒《けたお》され、破れ、そこに血の飛沫《しぶき》が飛んでいる。

畳は、血を吸ってずくずくになっていて、柱や鴨居《かもい》には、刀傷や槍によってつけられた傷が無数についている。槍、まさかり、こて、掛矢などの赤穂の浪士たちが捨てていったものがあちこちに散乱していた。

屍体が、幾つも転がっていて、その間にはまだ呻《うめ》き声をあげている者たちもいた。

「おお、采女様——」

と、声をかけてきたのは、吉良の養子《ようし》、吉良左兵衛義周《さひょうえよしちか》であった。

見れば、顔、腕、肩、胸、ほぼ全身に包帯を巻いている。

采女にとっては、義弟ということになる。

奥の居間で、義周は柱に背を預け、両足を力なく前に投げ出している。

まだ、その右腕に、あり合わせの布で、家の者が包帯を巻きつけている最中である。

采女を見て、正座しようとする義周に向かって、

「そのまま、そのままで——」

采女は駆け寄った。

前に立って、采女は、言葉を失っている。

何と声をかけたものかわからない。

「赤穂の浪人の、いきなりの討ち入りにてござります……」

細い声で、義周は言った。

義周は、米沢《よねざわ》藩主上杉綱憲《うえすぎつなのり》の子である。綱憲は、そもそも吉良義央の嫡男であったのだが、義央の妻——つまり母が上杉家の上杉綱勝《つなかつ》の妹であった関係から、綱勝の養子として上杉家に入り、上杉を継いでいたのである。

つまり、義央は、自身の孫にあたる義周を、養子としていたのであった。

義周、この時、まだ十七歳である。数え歳で十七歳だから、現代で言うなら十六歳ということになる。

「義父上は?」

采女は訊《き》いた。

義周は、視線だけを右へ動かし、

「あれへ……」

弱い声でそう言った。

畳の上へ、白小袖を着た屍体が仰向けに寝かされている。その屍体には、首がなかった。

「ち、義父上……」

采女は、義央の屍体まで歩みより、それを上から見下ろした。

無残な姿であった。

白小袖の上半身が、自身の血で真っ赤に染まっている。

婿殿、婿殿、そう言っては何かと采女の面倒を見てくれた人物である。

この人物を、采女は愛していた。

その義央が、どうしてこのような姿にならねばならないのか。

采女は、首のない屍体の前に正座をして、手を合わせた。

首は、やはり、浪士たちが持っていってしまったのであろう。

まだ、手当てをされていない者や、怪我で動けない者たちが、居間に運び込まれてきた。

皆、呻き、声をあげ、中には采女の眼の前に、断末魔の声をしぼり出し、息絶える者もいた。

後に判明したことだが、吉良側の死者は十六人——そのうちには、家老の上杉家附人・小林平八郎《こばやしへいはちろう》も混ざっている。

傷を負った者は二十一名。

義央は、屋敷内の炭などを入れたりする、台所裏の物置に隠れているところを見つかった。

堀部安兵衛《やすべえ》が、その物置小屋を探ろうとしたところ、中から、何者かが斬りかかってきたという。

その人物を、安兵衛が斬り捨てた。

中の暗がりに、まだ誰かいるというので、間十次郎《はざまじゅうじろう》が、十文字鎗《やり》で突くと、その人物が、呻いて転がり出てきた。それを、武林唯七《たけばやしただしち》が、さらに刀で突いた。

四方髪《しほうがみ》の老人である。

虫の息で、唸っているのへ、間十次郎がのしかかり、頸《くび》に刀を当て、その刀の峰に片手をのせ、体重をかぶせて、押し斬るようにして首を落とした。

額に、浅野長矩がつけたとおぼしき傷跡もあり、その背にも傷があった。

吉良家の者を連れてきて、首実検をさせると、

「わが主《あるじ》、上野介の首に相違ございません」

というので、ここで、赤穂の浪士たちは勝ち鬨をあげ、その首を小袖の袖に包んで、吉良邸を後にしたのである。

采女がいる間に、幕府の命を受けたお目付、安部式部《あべしきぶ》を筆頭に、検使役十三名がやってきて、取り調べが現場で行なわれた。

この取り調べが済むまで、屍体は屋敷内に放置されたままであった。

吉良側に多くの死者が出たのに比べ、赤穂の浪士たちに死者はなかった。

吉良家は、これで取り潰しとなり、翌年二月、十八歳の義周は、家臣ただ二名のみを連れて、信州諏訪《すわ》藩高島《たかしま》へ御預けとなった。

これから、わずか三年後、二十一歳という若さで、義周は、配されたこの信州の地で病没している。

赤穂の浪士たちは、討ち入りの後、泉岳寺にあったが、ほどなく細川《ほそかわ》家、松平《まつだいら》家、毛利《もうり》家、水野《みずの》家へ預けられ、年が明けた元禄十六年（一七〇三）二月四日、幕府から老中奉書が出され、切腹の命が下された。

預かりとなったそれぞれの家で、浪士たちは果てたのである。

四

采女は、疲れ果てて、伴太夫と共に吉良家の壊された門から外へ出た。

屋敷を、想像を越えた数の人間たちが囲んでいた。

「今出てきたのは、どなたじゃ……」

「知らぬぞ……」

「吉良の阿久里《あぐり》様が嫁《とつ》がれた、津軽家の采女様ではないか……」

「いずれ、赤穂の方々を追って、上杉家の者たちと、泉岳寺へ斬り込まれるのか……」

そういうような声が、采女の耳に届いてきた。

これが世間か……

采女は、腹の中で思った。

振り返ると、屋敷の塀に、幾つもの落首が書かれていた。

吉良《きら》れたか親子うつけて臆したか
古小桶《ふるこおけ》にて底が抜けたか

少々は吉良《きら》れたふりをする家来
手作りの疵《きず》で恥のうはぬり

吉良《きら》ふなと首納豆《くびなっとう》の歳暮《せいぼ》かな

世間の全てが、自分たちの敵となっていることを、采女は実感した。

腰のものを抜いて、ここにいる見物人全員を斬り殺してやりたかった。

采女が、生まれて初めて、心に抱いた煮えるような殺意であった。

不思議と、赤穂の浪士たちに、恨みは抱かなかった。

この世間に、采女は激しい憎悪を抱いたのである。

浪士たちは、この世間によって踊らされたのだ。

義央は、あの好人物は、この異様なる世間によって殺されたのだ。

おまえたちの思い通りになぞ、なってやるものか——

腹の中で、その言葉を何度も幾度も嚙みしめながら、采女は、伴太夫と共に、その場を後にしたのである。

巻の二十　元禄《げんろく》大地震

一

采女《うねめ》は、夢を見ていた。

見ながら、これは、夢とわかっている。

何度も見た夢だからだ。

暗闇《くらやみ》の中で、逃げているのである。

前も後ろも、上も下も、そして左右も、ただ闇である。どちらの方角に逃げたらよいのか、どちらの方角に逃げているのかもわからない。

追われていると、わかっている。

何から追われ、どうして追われているのかはわからないが、この後、どうなるかは、もうひとりの自分はわかっているのである。そのわかっている結末からも、采女は逃げようとしているのである。

追ってくるのは、闇そのものとも言えた。自分を包み、囲んでいる闇が追ってくるのだから、どちらへ逃げようとも、逃げきれるわけではないのだ。

しかし、逃げる。

何度も転び、時に、声をあげて、叫びながら逃げているのである。

そして、ついに、動けなくなる。

気がつくと、黒い巨大な手が、自分を摑《つか》んでいるのである。逃げようとしてもがくのだが、手が、おそろしく強い力で握りしめてくるのである。

いつの間にか、刀を握った多くの武士たちに囲まれている。

武士であるはずなのに、しかも刀を握っているのに、町人風の髷《まげ》を結《ゆ》った者もいれば、女や子供たちも、その中には混ざっているのである。

「お許し下され、お許し下され」

采女は、膝《ひざ》をつき、両手をついて、頭を下げる。

大きな手に握られているはずなのに、そういう動作はできるのである。できないのは、逃げることだけだ。

何を許してくれと言っているのか、采女は自分でもわからない。

何を謝《あや》まってよいのかわからないのだ。

しかし、ともかく、頭を下げ続ける。

できることなら、何を謝まったらよいのか、囲んでいる者たちから教えて欲しいのだが、彼らは、笑いながら采女を眺めているだけで、いったい、何故《なぜ》、追っているのか、それを口にしたりはしないのである。

「謝まってるよ」

「しかし、駄目だな」

囲んでいる者たちの声が聴こえてくる。

「うん、駄目だ」

「だいいち、これから食べられようとしている魚が、いくら謝まったりしたからって、食べるのをやめたりしないからな」

「うん、しない」

「謝まったって、謝まらなくたって、やることはもう決まっているからな」

「うん、決まっているな」

「早いところ、首を斬《き》ってしまえ」

「そうだ、首を斬ってしまえ」

じわり、じわりと、采女を囲んでいた人の輪が縮まってくる。

子供の手が、幾つも伸びてきて、巨大な手から采女をひきはがし、押さえつける。

子供の笑い声が聴こえる。

采女はもがく。

「動いてる、動いてる」

「あははは」

「首を斬られるのがいやで、あばれている」

「おい、見えないぞ」

「できるだけ、あばれさせてやればいい」

「その方がおもしろいからな」

「ふふふふ……」

「くすくす……」

「こわがってるよ」

「こわがってるよ」

男の声も、女の声も混ざっている。

「おやめ下さい。何とぞ、何とぞ――」

と言う采女の髪の毛を、子供の手が摑み、引く。

采女の頭が前に出る。

「ほら、その首だ」

「首だ」

「首だ」

「首だ」

そこへ、刃《やいば》が上から打ち下ろされてくるのだ。

首に、金属の刃が潜《もぐ》り込んでくる……


そこで、いつもの通り、采女は闇の中で眼を覚ました。

夢とはわかっていた。

しかし、あらためて、夢とわかってほっとする。

もしかしたら、自分は今、声をあげていたのではないか。

ゆっくりと、夜具の上に起きあがり、上体を起こす。

寝汗をかいていた。

寝巻きが、ぐっしょりと濡れている。

少し、呼吸が荒い。

また、あの夢を見ていたのだ。

義央《よしなか》が、首にされたのは、もう、昨年のことだ。

一年近くが過ぎようとしているのに、この夢をよく見る。毎晩とは言わないが、かなりの頻度《ひんど》で、この夢を見るのである。おそろしい夢だった。昨年よりも、むしろ、今年に入ってからの方が、よく、この夢を見るのではないか。

自分はこれから、眠るたびに、この夢を一生見続けねばならないのか。

いつも、首を斬られるところで終る夢だ。

というのも、首を斬られたところで眼が覚めてしまうからだ。

たまに眼が覚めない時は、その夢の続きを見ることもある。

夢の続きでは、白い小袖《こそで》に首を包まれ、槍《やり》の穂先にぶらさげられて、泉岳寺《せんがくじ》まで、連れてゆかれるのである。

実際に、義央の首は、泉岳寺まで持ってゆかれ、浅野《あさの》の墓の前に置かれたりしたのである。その首がもどってきて、胴と繋《つな》ぎ合わされている姿を、采女は見ている。

惨《むご》い姿だった。

あの後、赤穂《あこう》の浪人たちは、切腹を命ぜられて、それぞれに果てているが、吉良《きら》への世間の風あたりは強かった。

吉良家の者たちばかりでなく、上杉《うえすぎ》の家臣や、采女にまで、その矛先《ほこさき》はまわってきた。

「何故、しかえしをせぬのか」

「主《しゅう》を殺されたのなら、何故、今度はその仇《かたき》を討たぬのか――」

「腰抜けではないか」

いまだに、そういう声が、あちこちから聴こえてくる。

しかし、主の仇もなにも、仇は皆、すでにこの世の人間ではない。仇の討ちようがないのである。いや、たとえ、仇の相手が生きていたって、仇討ちなどできるものではなく、また、やる気もない。

夜着《やぎ》をのけて、上半身を起こしていたため、汗に濡れた肌が、たちまち冷たくなってきた。

ぞくり、

と、首をすくめた時、それが、伝わってきたのである。

それを、最初に感じたのは、まず、尻《しり》であった。

尻に、ず、ず、ずという、低い震えとも音ともつかぬものが伝わってきて、簞笥《たんす》の金具が、かたかたと鳴りはじめた。気がついたら、次に、ゆらりと家全体が波か何かにゆすりあげられたように浮きあがり、采女の身体《からだ》は上に持ちあげられ、ついでいきなり落とされたのだ。

地の底を、巨大な獣が這《は》い寄ってくるような音と揺れが、その大きさを増しながら近づいてきて、激しく、家と采女とが揺さぶられた。

どすん、

どすん、

と、上に持ちあげられ、落とされた。

梁《はり》と柱が、不気味な音をたてて軋《きし》み、歪《ゆが》み、采女は立ちあがろうとしたのだが、それができなかった。

闇の中で、簞笥が、上下に跳ねていた。

家のあちこちで、悲鳴のような声が幾つもあがった。

元禄十六年（一七〇三）十一月二十二日深夜——

後に元禄地震と呼ばれることになる地震が、関東一帯を襲ったのである。

二

元禄地震は、大きな被害を、江戸とその周辺にもたらした。江戸城の諸門が潰《つぶ》れ、各藩の藩邸、町屋が倒壊し、これによって、人が崩れた家に押し潰されて死んだ。

福島、房総《ぼうそう》半島から紀伊《きい》半島にまで、この地震による津波が押し寄せ、房総だけでも、この津波による死者は五千人を超えた。

揺れは、一度だけでなく、何度となく余震が襲った。

かくて、はする程に、神田の明神《みょうじん》の東門の下に及びし比《ころ》に、地またおびたゝしくふるふ。（略）おほくの箸《はし》を折るごとく、また蚊の聚《あつま》りなくごとくなる音のきこゆるは、家々のたふれて、人のさけぶ声なるべし。石垣の石走り土崩れ、塵《ちり》起りて空を蔽《おお》ふ。

これは、新井白石《あらいはくせき》が、この地震のおり、湯島《ゆしま》の自宅から日比谷《ひびや》門外の藩邸へ向かう途中のことを『折《おり》たく柴《しば》の記』に記したものである。

しかし、被害はこれだけではすまなかった。

この地震による火災は、たとえば、小田原では、同時に十二ヵ所で起こり、小田原城もこれで焼失したのだが、江戸の場合は、地震発生から六日後であった。

十一月二十九日の暮六つ頃、本郷追分から出火したのである。

まだ、倒壊した建物は、ほとんどがそこにそのまま残っており、火は、谷中《やなか》まで燃え広がった。

この後、小石川より、さらに出火して、これが、おりからの風に煽《あお》られて、上野、湯島、筋違橋《すじかいばし》、向柳原《むこうやなぎはら》、浅草茅町《あさくさかやちょう》、神田、伝馬町《でんまちょう》、下舟町《しもふねちょう》、堀留《ほりどめ》、小網町《こあみちょう》、それから本所《ほんじょ》までも炎が移って、回向院《えこういん》、深川、永代橋《えいたいばし》と、両国橋の西半分までも焼いたのである。

この地震すら、風聞の種にされた。

「地震が起こったのは、赤穂の浪士たちの恨みじゃ」

そういう噂がたちまち広がった。

「切腹させられて、大石《おおいし》様が怒っておいでなのだ」

さすがに、こういう風聞のたつのはよくないと考えたのか、このような虚言や、噂の取りしまりを幕府は行なったが、むしろ、取りしまろうとすればするほど、この風聞は、江戸の人々の間に広まっていったのである。

三

其角《きかく》のもとへ、大黒堂《だいこくどう》の主人が訪ねてきたのは、年があらたまった、元禄十七年（一七〇四）の正月九日のことであった。

まだ、地震によって倒壊した建物が、無数にそのままになっており、焼け跡もなまなましく残っている頃であった。

あがって、其角の前に座した大黒堂は、

「見つけましたよ」

そう言った。

「見つけたって、何をです？」

其角は、わけがわからぬまま訊《き》いた。

「あの女ですよ」

「あの女？」

「お捜しだったのではありませんか」

「ですから、どの女のことです」

「何年前でしたか、ほら、あの『釣秘伝百箇條《つりひでんひゃっかじょう》』を、うちに持ってきた女ですよ。たしか、多賀朝湖《たがちょうこ》様がお買いあげになり、その後、皆様で、ひとしきりお捜しになっていた女ですよ」

大黒堂は、笑みを浮かべて言った。

「なんだって!?」

其角の声が、思わず高くなったのを嬉《うれ》しそうに聴きながら、

「ほら、その女ですよ」

大黒堂はうなずいた。

「その女がね、大黒堂に顔を出したんですよ――」

「いつ？」

「昨日のことです」

「で、女は？」

「帰りましたよ」

「帰したのか」

「帰さないなんてことはできませんよ。しかし、御安心下さい。明日、また、やってくることになっておりますので――」

大黒堂は、また、笑って、

「ああいった地震や火事の後は、色々物入りと見えて、家財道具だの何だのを、売りに来る者が増えるのでございます。その中に、あの女が混ざっていたのでございますな――」

昨日のことを語りはじめたのであった。

四

その女は、四十歳前後かと思われた。

それなりに、きちんと身づくろいはしていたが、身につけているものは、いずれも値の張るものではない。どちらかと言えば、安物だ。

しかし、いくらきちんとしてはいても、顔にあらわれたやつれと疲労の色は隠せなかった。どのように歳《とし》を越して正月をむかえたか、その姿と顔を見ただけで想像できた。

持ってきたのは、着物が三枚だ。

女自身が着ているものよりは、多少はましなものだが、むろん値の張るものではない。

それなりの金を渡して、商《あきな》いはすんだのだが、どうも気になることがあった。

それで、大黒堂は、帰ろうとした女に声をかけたというのである。

「ちょいとお待ちを――」

振り返った女に、

「失礼ですが、お客様、前にもうちにいらしたことがあるんじゃございませんか――」

そう声をかけているうちに、大黒堂はその女のことを思い出していた。

「そうだ、本だ。十年ほど前に、『釣秘伝百箇條』というのをあたしんところへ持ってきたお客さんじゃあございませんか」

女は、足を止めて、困惑したような顔を大黒堂にむけた。

いったい何のために、大黒堂が声をかけてきたのか、それを考えているようであった。

その様子から、間違いなく、その女が十年前のあの女だと知れた。

大黒堂は、笑みを浮かべ、

「いや、すみません。こういうことで、手前どもはめったにお客様を呼びとめたりはしないのですが、今日は特別だ――」

「何か……」

と、立ち止まったまま言ったのは、大黒堂の言うことを認めたということである。

「ちょいとお待ちを。お見せしたいものがございます」

大黒堂は、いったん奥へ引っ込んで、すぐにもどってきた。

手に、一枚の紙を持っている。

「これをごらんになっていただけますか」

大黒堂が言うと、女はその紙を手にとった。

ひとりの、七十歳余りと見える老人の絵であった。

釣り竿《ざお》を手に持って、泣き笑いのような表情をその顔に浮かべている。海辺の松の根本に座して、海に向かって握った竿を出していた。

「投竿翁《とうかんおう》の図」

とあって、次のような一文が添えられていた。

この者投竿翁なり。釣道を極めんとして、ろくろくよりひとつ多い三十七節、野《の》布袋竹《ほていだけ》の二間《けん》半の丸、片ウキスの竿《さお》を杖《つえ》としてこの道をゆく。竿の手尻近く〝狂〟の字を彫りて、なぐさめとす。投竿翁を知りたる者あらば、紀伊国屋《きのくにや》まで来られたし。よき話なれば、金十両にてこれを買うものなり。

その後に、

朝顔や彼《か》をきくまでと待つ身かな

其角

と、あった。

絵の方には〝朝湖〟と名が記されている。

「これは……」

女がつぶやくのへ、

「十年前、多賀朝湖先生と、宝井《たからい》其角先生がおつくりになったものでね、そりゃあ、まだ生きている」

「お客様が、あの『釣秘伝百箇條』を書いた投竿翁という方を知っていて、その話をして下さるんなら、それへ、紀伊国屋さんが十両払うということですよ——」

「知りませんでした、このようなものがあったこと……」

「どうです」

と、大黒堂は言った。

「さぞや、色々な御事情があったろうとはお察しいたしますが、さしつかえのないところだけでも、お話し願えませんでしょうか」

「——」

「おすまいをうかがおうとは思ってはおりません。明後日の今時分に、もう一度、この大黒堂をお訪ねいただけませんか。紀伊国屋様には、わたしの方からこの話をお伝えしておきます。ことによったら、また日をあらためて、足をお運びいただくようなことになるかもしれませんが、悪いようにはいたしません。ぜひ——」

と言って、明後日、つまり、明日、大黒堂に顔を出すことを、女に承知させたのだ
と大黒堂の主人は其角に言ったのである。

「紀伊国屋様にお知らせする前に、まずは其角様にと、こうして足を運んできたわけ

でございます――」

五

皆が集まったのは、大黒堂の裏手にある離れであった。

主人である大黒堂の顔はむろんそこにあった。

他には、紀伊国屋文左衛門《ぶんざえもん》、阿久沢弥太夫《あくさわやだゆう》、松本理兵衛《まつもとりへえ》、船頭の長太夫《ちょうだゆう》、伍大力《ごだいりきの》仁兵衛《じんべえ》の姿もあった。

長太夫に仁兵衛は、このところ、櫓《ろ》を握ることがめっきり少なくなっている。

津軽《つがる》采女、兼松伴太夫《かねまつともだゆう》もそこにいた。

この席に、久しぶりにこれだけの顔がそろったのは、いずれも釣りとその周辺の話に飢えていたこともあったが、めったに顔を合わすことのなくなった互いの顔を、たまには見ておきたいという意味あいもあったのである。

前にあった顔で、この場にないのは、ふみの屋と、多賀朝湖の顔である。そうなってから、いつの間にか、そこそこの歳月が過ぎているのである。

ふみの屋のこと、水戸光圀《みとみつくに》は、四年前、七十三歳でこの世を去っている。

朝湖は、島に送られて今年で六年目だ。

采女は采女で、討ち入りの一件以来、めったなことでは外に顔を出さなくなってい
る。

ここへ顔を出したのは、この釣りをきっかけに知り合った顔ぶれだけは、身分や互いの私生活のことを離れて、話ができる者たちばかりであったからである。采女にとって、肩に力を入れず、格別に構えることなく顔を合わせることのできる数少ない人間たちが、ここに集まった者たちであった。

それは、紀伊国屋や其角、他の面々も同じ気持ちであったろう。

大黒堂も心得ていて、少し早めに皆を呼び、酒と簡単な肴《さかな》を用意して、一刻《いっとき》ほど、この面々をもてなしたのである。

女が入ってきたのは、空になったちろりや杯や肴がさげられて、部屋がほどよくかたづいてからであった。

大黒堂が言っていたように、顔にやつれのある、四十歳ほどと見える女で、どことなくあの絵の投竿翁に、面影が似ていなくもない。

短い挨拶《あいさつ》がすんだあと、

「これを——」

と言って、紀伊国屋が懐から取り出したのは、皆も見覚えのある『釣秘伝百箇條』であった。

もとは、朝湖が持っていたものだが、今は紀伊国屋の手にあるものだ。

それを手に取って、しげしげと眺めた後、

「間違いございません」

女は言った。

「わたしが、十年前、大黒堂の御主人に売ったものにございます」

「これを書いた投竿翁とあなたとの関係は？」

紀伊国屋が訊《たず》ねた。

「この投竿翁、名を新造《しんぞう》と申しまして、我が父にございます」

「では、あなたは？」

「娘の、沙恵《さえ》と申します」

女は、頭を下げた。

六

父の新造は、釣りにもの狂いしていたと言えばいいのでしょうか。

とにかく、わたしがもの心ついた時から、釣りについては普通ではございませんでした。

それについては、皆様ももう御存知のことでございましょう。

仕事よりは釣り。

大工としては腕はよかったのですが、釣りのために普請が遅れてもかまわないような職人は、いくら腕がよくても、自然に仕事が来なくなるものでございます。

新造は――父のことを、新造と呼ぶのも、おかしいと思われるかもしれませんが、どうぞお許し下さい。父のことを、他人のように新造と呼ぶのに慣れてしまったためで、他意はございません。

実は、わたしは、新造が二度目にもらった女房の加津《かつ》との間に生まれた娘でございます。一度目の女房は、千代《ちよ》というお名であったというのは聴いたのですが、どういう方であったかは、わたしもよくは存じません。

ひとり、子を生んで、その子が流行《はや》り病《やまい》で死ぬ時も、お千代様がやはり病で亡くなられた時も、鉄砲洲《てっぽうず》あたりで、新造は竿を握っていたということでござりますから、よほど釣りに憑《つ》かれていたのでござりましょう。そう言えば、新造の父母は、明暦《めいれき》三年（一六五七）の振り袖火事で焼け死んだと聴いておりますが、この時も、新造は釣りに出かけていたということでござります。

わたしの母の加津が新造と所帯を持ったのは、新造が五十二歳の時で、寛文《かんぶん》三年（一六六三）の時でした。

母は、出戻りの三十歳——品川で飯盛女をやっておりました。

さる家に嫁していたのですが、子ができぬというので離縁され、品川宿で働いていたところへ、新造が通うようになって、どういうわけかそこで子ができて、それで、ふたりは所帯をもったということのようでござります。

わたしが生まれたのは、その翌年、寛文四年のことでござります。

心を入れかえるからと、もとの親方のところでお世話になるようになって、二、三年は真面目に仕事をしていたようですが、また、いつの間にか、竿を握るようになって、竿は両ウキスよりは片ウキスの方がいい、その方が竿に裏表ができてめりはりがつく、鱠残魚鉤《キスばり》は返しを小さくしてもうちょっとアゴを深くした方がいいなどと言うようになった頃には、わたしもそういう言葉が耳に記憶できるようになっておりました。

それで、わたしが十二になった時、母のお加津が病で倒れまして――腹の痛む病で、前から痛んでいたのが、無理がたたったのか、もうどうにもこうにもならぬようなありさまで。

あの優しかった母が、鬼のような顔をして、何日も痛い痛いと泣き叫ぶのでございます。

お医者様も、手のほどこしようがなく、効くのか効かぬのかわからぬ薬を置いてゆくばかりで、どうにもなりません。

ついには、その痛い苦しいと呻《うめ》くこともできなくなった時――

「なあに、このおれが、うめえもんでも喰わしてやらあ。滋養のつくもんでも釣ってきてやる。大川の鰻《ウナギ》はどうだ」

と言って、新造は、出かけてしまったのでござります。

この時ほど心細く、どうしていいかわからなかったことはござりません。

昼くらいには帰ると言っていたのが、昼になっても帰ってまいりません。

夕刻、暗くなって新造が帰ってきたのは、母が死んで、親方や、近所の方々が集まっている時でした。

「何しに来やがった、新造!?」

あの親方が、あんなに怒ったのは、わたしも見たことがございません。

「何をしてやがった」

もう、八十歳を超えていた親方が、新造を張りとばしました。

もう隠居して、息子に後を継がせていたのですが、よほど親方の力が強かったのか、新造は仰向《あおむ》けに倒れて、持っていた、ひと抱えもある魚籠《びく》が落ち、その中から、にょろにょろぬめぬめと、何匹も何匹も、それこそ数えきれないほどの真っ黒な鰻が這い出してまいりました。

それが、まるで、それまで新造の体内に憑いていた釣りの魔性が、新造の中から這い出てきたように思えて、私はもう怖くておそろしくて、その場で泣き出してしまったのでした。

「手前《てめえ》が殺したんだ。このお加津さんも、お千代さんも、次郎松《じろまつ》も、みんな手前が殺したんだ。手前の釣りが、みいんな殺したんだ。いいか。もう、誰も手前にゃ殺させやしねえ。お沙恵は、うちで預かる。手前にまかせちゃおけねえ――」

たいへんな剣幕《けんまく》でございました。

それで、わたしは、親方のところへ厄介になるようになったのでございます。

それっきりです。

それっきり、父がどこへ行ったのか、どこで何をしてるのか、生きてるのか死んでるのか、それすらもわかりませんでした。

今は、皆様からお話をうかがいましたので、岡田屋《おかだ》さんに厄介になっていたと知りましたが、わたしは、もう、本当に父はどこかでのたれ死んだかと、そう思っておりました。

もしかしたら、親方は、知ってたかもしれませんが、わたしにはそれが伝わらぬようにしていたのでしょう。

わたしは、十七の春に、親方のところへ出入りをしていた、定吉《さだき》っつぁんという方のところへ嫁ぎました。

その同じ年に、親方が死んで、それから四年後——二十一歳の時に、突然、父の新造がわたしのところへやってきたのです。

わたしは、まだ子供にめぐまれなかったものですから、子宝を授かるよう神田明神様に願をかけておりまして、日に一度、足を運んでおりました。

その日、お参りをすませて帰りかけた時、

「おい、お沙恵《さえ》」

と、声をかけてくる者がございました。

見れば、九年ぶりに顔を見る父の新造がそこに立っているではありませんか。

そりゃあ、なつかしかった。

憎んでもおりましたが、心配だってしていたのでございます。

わたしのことは、行った先がわかってる。本人じゃなくても、誰かをやって調べれば、どこの誰に嫁いだかもすぐにわかる。

それで、ここまでやってきたんだってわかりました。

「お父《と》っつぁん……」

思わず、わたしも、そう声をかけておりました。

「元気そうじゃあねえか――」

と、いう新造の顔を見て、わたしはぞっといたしました。髪の毛が逆立つっていうんでしょうか。

半歩、いえ、一歩は退《さ》がっていたんじゃあないかって思います。

まだ終ってない。

まだとりつかれている。

まだ釣りをやってる——そういう顔でした。

笑った顔が、何かにとりつかれたように青くぬめっとしていて、それこそ、魚のような顔でしたよ。

「すぐいなくなる。すぐ、姿を消すから、心配《しんぺえ》はいらねえ」

そう言いながら、新造は、わたしのところへ近づいてまいりました。

「これっきり、もう、二度と会わねえ」

新造は、懐へ手を突っ込んで、何かを取り出しました。

一冊の本でした。

それが、今、そこにある『釣秘伝百箇條』でございます。

「こいつをもらってもらいてえ——」

新造は、そう言いました。

「何なの、これは——」

「釣りの本だよ」

「釣りの!?」

その時、新造の口から、釣りという言葉が出てきただけで、何やら寒けまでしてきました。

「これが、おれだ。おれの知ってることが、みんなここに書いてある。これだけだ。おれにはなんにもねえが、これだけはある。これが、おれのありったけだ……」

わたしの眼に怯《おび》えの色が出ていたのだと思います、新造は、ことさら優しい声を出して、

「いや、読まなくていい。もらってくれるだけでいいんだ。読む必要なんかねえ。気に入らなけりゃあ、もらっといて、おれがいなくなったら、燃やすなり捨てるなり、好きにしてくれりゃあいい。これを、おめえに渡してえ、それだけだ……」

と、その本を突き出してくるのです。

受けとりましたよ。

結局ね。

どこにいるかなんて、訊きませんでしたよ。

向こうも言いませんでした。

その間もなかった。

「ありがてえ……」

ほっとしたように、新造はうなずき、

「これっきりだ。おれは、どっかでてきとうにくたばるからよ。てめえは、達者でや

るんだぜえ」

そう言いました。

あとは、

「あばよ」

って、背を向けて、それで、それっきり……

七

「それが二十年前のことで、長太夫様が神田明神でごらんになったというのは、その時のわたしたちだったと思います」

沙恵は言った。

「それっきり、お父っつぁんの消息はつかめず、四十一歳になった今年、初めて皆様から父の亡くなったことを知らされたというわけでござります」

「そうだったかい……」

其角は、腕を組んでうなずいた。

「今は、十九になる美農吉《みのきち》という息子がいて、親の仕事を継いで、大工をやっております」

「十年前でしたか、この本をわたしのところへ持ってきたのは？」

大黒堂が言った。

「はい。美農吉が急な病で、薬を買うお金が欲しかったものですから――」

沙恵は、細い顎《あご》を引いて、うなずいた。

「迷ったんですが、わたしのところから手放した方が、これが世に出る機会があるかもしれないと……」

「お沙恵さん、その通りじゃ。ここにいるわたしたちにとっては、これはたいへんな本だ。誰にでも書けるというものじゃあない――」

それまで黙っていた采女は言った。

「そうですよ。あの後、すぐに、多賀朝湖先生が、こちらの言い値で買いあげてくだすったんだ」

大黒堂は、朝湖のことを思い出したのか、しんみりとした口調になった。

「おかげさまで、薬を買うことができて、美農吉も助かりました」

「そりゃあ、新造さんが、孫の生命《いのち》を助けたんだよ」

其角は言った。

「で、お沙恵さん、今度大黒堂さんに顔を出したのは、何か金が必要なことでもできたのかい」

紀伊国屋文左衛門が訪ねた。

「このたびの地震と火事で家が焼けてしまい、幸いにも親子三人は生命がありましたが、持ち出せたのは、わずかな着物と、仕事の道具だけで――」

「ならば、あんたのところへ、前金で仕事を頼もうか。この火事で、あたしんところの家も、三軒ばかり燃えちまってね。まだ、放ったらかしなんだよ――」

「それは、たいへんにありがたいお話ですが、どうして……」

「新造さんへの、供養だよ」

「供養……?」

「あたしたちはね、みいんな、新造さんが好きなんだ」

「お父っつぁんのことが?」

「ああ。ここにいるみんなが、新造さんのことをうらやましがってる。みんな、新造さんのようになりたいんだよ。だけどなれない。ひとつのことに狂って身を滅ぼすことができないんだ。いや、ひとりだけ、そういう人間がいたんだが、今は、島に送られてしまった。な、お沙恵さん。頼むよ。これを受けてくれ――」

紀伊国屋は、畳に両手をついて、頭を下げた。

「そ、そんな、紀伊国屋様――」

「頼む」

「は、はい……」

沙恵は、畳に両手をついた。

頭を下げると、その手の上に涙が、ひとつふたつ、こぼれた。

「よかった」

紀伊国屋は顔をあげ、

「其角先生」

そう言った。

「はい」

「この顚末《てんまつ》を、文《ふみ》にして、三宅島《みやけじま》の朝湖んところへ送ってやるんだ」

「もちろんです」

其角は腰を持ちあげて言った。

其角の脳裏《のうり》に、朝湖の顔が浮かんだ。

朝湖の顔は笑っていた。

巻の二十一　霜《しも》の鶴《つる》　狂える猿

一

宝永《ほうえい》三年（一七〇六）十二月——

其角《きかく》は、飲んで騒いでいる。

はまの屋の二階だ。

紀伊国屋文左衛門《きのくにやぶんざえもん》、嵐雪《らんせつ》の顔もある。

飲み、飲み、時に三味線《しゃみせん》を自ら抱えて撥《ばち》をあて、唄い、また飲み、踊った。

四十六歳である。

以前から酒が好きだった。

それは間違いがない。

朝湖《ちょうこ》たちと飲み歩き、飲んだ場所で眠ってしまうこともしばしばだったが、まだ、抑制の利く酒であった。

それが、朝湖が島流しにあった頃から酒量が増えはじめ、二年前、朝湖たちとの遊び仲間でもあった初代市川団十郎《いちかわだんじゅうろう》が刺殺される事件があってから、さらに酒量が増えてしまったのである。

そして、この夜は、これまでにも増して、其角は飲んでいる。

顔は赤く、口も、声も、陽気に笑っていたが、眼だけが笑っていないのだ。

「これ、先生、酒がすぎまするぞ」

と、文左衛門が言うと、其角は持っていた三味線を放り投げ、

「いいんだよう、千山《せんざん》――」

と、文左衛門の肩に腕をまわして、酒臭い息をかけてきた。

千山というのは、文左衛門の俳号で、元禄《げんろく》十四年（一七〇一）に文左衛門が其角に弟子入りしてからそう名のっているのである。

「はいはい」

文左衛門が、優しくうなずいた。

「兄《あに》さん、続きだ、続き――」

嵐雪が、其角の手を握り、文左衛門からひきはがし、また、其角に三味線を渡した。
外には、雪が降っている。

〽初雪や
十《とお》に成子《なるこ》の
酒のかん

其角は、自ら作った句に、勝手な節をつけて唄った。
十に成子というのは、其角の長女のさちのことだ。
其角は、子煩悩《こぼんのう》であった。
二歳になった次女の三輪《みわ》のことを記した「ひなひく鳥」という俳文の中に、

百舌《もず》鳴くや赤子の頬《ほお》を吸うときに

という句もある。

〽人も来ぬ夜の
　独り酌

唄っている其角の頬に、涙がこぼれている。
半月前の十一月二十二日、其角の次女であったこの六歳になる三輪が死んだばかりであったのである。

二

したたかに酔っていた。
足元がおぼつかない。
泊まってゆけというのを無理に断って、はまの屋を出てきたのだ。
「送ってゆこう」
という嵐雪を追い返して、独りで歩き出したのだ。
夜道には、うっすらと雪が積もっていた。
初雪だ。

ちらちらと、肩や髪に雪が降りかかってくる。

水桶《みずおけ》にぶつかり、塀《へい》にぶつかり、ふらふらと歩いている。

何度も反吐《へど》を吐いた。

身体《からだ》は自分のものでないようにふにゃふにゃなのに、頭だけが醒《さ》めているのである。

「兄さん……」

ふらつきながら、其角は朝湖のことを思った。

ゆらゆら揺れている。

春の鱠残魚《キス》釣りの船の上にいるようだった。

江戸浦を渡ってきた春風がここちよい。

向こうに、富士が見えている。

「釣りがしてえなあ、兄さん……」

其角は、ほろほろと涙をこぼしながらつぶやいた。

「釣りがしてえ、兄さんよう……」

宝永三戌《いぬ》十一月廿二日妙身童女を葬りて
霜の鶴土にふとんも被《かぶ》されず

それから三月後、年が明けた宝永四年（一七〇七）二月三十日、其角は没した。

三

『類柑子《るいこうじ》』という書がある。

上・中・下の三巻あって、これは、其角の死後、貴志《きし》沾洲《せんしゅう》たちが編纂《へんさん》した其角の遺稿集である。

その中に入っている「松の塵《ちり》」という文章のうちに、次のような一文がある。

およそ人間のあだなることを観ずれば、我々が腹の中に屎《くそ》と欲との外の物なし。「五輪五体《ごりんごたい》は人の体、何にへだてのあるべきや」と、かの傀儡《かいらい》にうたひけん。公卿《くぎょう》、大夫、士、庶人、士民、百姓、工商、ないし三界万霊、この屎欲をおほはんとて、冠を正し太刀《たち》をはき上下《かみしも》を着て馬にめす、法衣、法服のその品まちまちなりといへども、生前の蝸名《かめい》、蠅利《ようり》なり。

——人間の腹の中には、屎と欲の他には何もない。これを隠すために、冠をかぶったり、武士は刀を差したり馬に乗ったりする。身分により決まってくるその品は、まちまちだが、いずれにしろ、名声にしても生きている間のとるにたらぬものであり、多少の金を儲《もう》けたところで、それも蠅《はえ》の頭ほどの利《り》でしかない。

意訳すれば、このような意味になるであろうか。

人間とは所詮屎袋《くそぶくろ》である——

その想いが、其角という俳諧《はいかい》師の胆《はら》の底のあたりに、常に、重い石の如くに転がっていたのであろう。

其角の句の軽《かろ》みも、朝湖《ちょうこ》との放蕩《ほうとう》も、根底にその想いがあったからこそのものであったのではないか。

案外に、これは、朝湖あたりが、酔った勢いで、最初に其角に言ったことかもしれない。

「将軍様だの、お大名だのと言ったって、その着ているものを引きはがしてみりゃあ、おんなじ屎袋だろうが——」

「兄さん、けれど兄さんは、その屎袋が愛《いと》しくてならねえんだろう?」

「そりゃあ、おめえ、結局その屎袋の人間しかいねえからな」

「屎袋だから、人はおもしれえ」

と、酔った其角は、その時朝湖に言ったかもしれない。

もともと、酒が好きだった其角であったが、その酒がすぎるようになり、飲めば「団十郎が出る」ようになったのは、いつからであろうか。

元禄《げんろく》十五年（一七〇二）に、『花見車《はなみぐるま》』という本が出版されている。作者は、轍士《てつし》という其角の友人の行脚《あんぎゃ》俳人で、内容は、全国の俳諧師を遊女に見たてて品定めしたものだ。

その中には其角について書かれたものもあり、そこで、其角は次のように評されている。


花に風、月には雲のくるしみあるうき世のならひ、酒が過ぎると気ずいにならんして、団十郎が出る、裸でかけ廻らんした事もあり。それゆへ、なじみのよい客もみなのがれたり。されど今はまた、すさまじい大々臣がかからんして、さびしからず。

最初に其角を褒めた後で、其角は酒を飲むと「団十郎が出る」と轍士は書いている。

団十郎というのは、初代市川団十郎のことであり、団十郎は荒事《あらごと》の芸で世に知られた役者である。つまり団十郎が出るというのは、「酒乱になる」という意味である。酒が過ぎて、裸で駆けまわったこともあるというのであるから、酒乱ぶりはかなりのものであったのであろう。

このため、其角のもとから「なじみのよい客」などが去ってしまったが、今は「すさまじい大々臣」が、其角についたようだから、淋しくはなかろう——と、轍士は書いているのである。

其角の酒癖は、晩年になるほど悪くなっていったという様子がうかがえる。

連句の席でも、其角は荒れた。

その席で、まだ若い俳諧師渭北《いほく》が、二十三句目を詠んだ。

花の句を付けようとして、渭北が詠んだのは、自身の言葉を借りれば、「面前花粧を抜きたる句」であった。

その時、

「その句、よこしまあり」

其角は声を荒くして言った。

『其角一周忌』に、渭北自身が書いた「懐旧」によると、

「邪意一曲、誰をたぶらかしをのれを立てんや。佞《ねい》の歌ふ曲は聖国の音なし」

とて、かくのごとくとがとがしくうち叫び、二十三句請《う》け取りたまはず。


このように記されている。

この時も、其角は酔っていた。

渭北は、ただ、花という言葉を使わずに、花の句となるようにしただけである。

「花の句は、連句では極《きわ》めて大切な句じゃ。それをさかしらに、わざわざ花の名を書かずに作るなど、あざといだけのもの。これは受けとれぬわ」

そう言って、其角は渭北を罵倒《ばとう》した。

師弟であった渭北と其角は、この一件で絶縁状態となり、その最中に其角は死んだのである。

ちなみに、この渭北、其角の死後は京に移り住み、淡々《たんたん》と号をあらため、後に京、大坂では高名な俳諧師となっている。

元禄九年（一六九六）に一緒になった其角の妻も、晩年の其角の酒については頭をいためていた。

酒のことでは、しばしばこの妻は其角を叱《しか》っていたらしい。

享保《きょうほう》四年（一七一九）に再版された『類柑子』の跋文《ばつぶん》で、沾徳《せんとく》は、

李白《りはく》は酒にて玄宗《げんそう》にうとまれ、其角は酒にて女房にそむく――


と書いている。

其角の妻が、其角に酒のことで意見をしたのは、むろん、素面《しらふ》の時のことであろう。

素面の時の其角は、女房の言うことに、神妙にうなずいて、

「ほどほどにする」

とは言ったに違いない。

「いいえ、あなたにお酒が少しでも入ったらほどほどになんて無理です。おやめになる以外ございません」

「わかった」

と返事をしても、酒が出てくれば、それをがまんできるものではなかった。

其角は酒を飲んでしまう。

飲めば、一杯、二杯ではおさまらず、したたかに酔うまで飲んでしまう。そうなれ

ば、いつもと同じように団十郎が出る。
亀毛《きもう》こと梁田蛻巌《やなだぜいがん》が、其角の編んだ『焦尾琴《しょうびきん》』に、次のような句を詠んでいる。

お内儀にしかられて居よ花に樽

もちろん、これは其角のことだ。
其角自身も、自分の酒については充分に自覚していた。
『類柑子』の「猿引」に、

朝《あした》に三盃、暮に四盃とさだめしに、夜分はその数を破りて心のままにくるへる猿あり……

其角自らが記したこのような文章が載っている。
其角の死因が、酒であったことは、ほぼ間違いないであろう。
肝臓をやられていたのであろうか。
その死は、おそらく急なものであったと思われる。

何故《なぜ》なら、辞世《じせい》の句が残されていないからである。

そうして、其角は逝《い》った。

葬《ほうむ》られたのは、其角の父母の眠る上行寺《じょうぎょうじ》であった。

法名《ほうみょう》、喜覚《きかく》。

およそ九十人が、追悼の発句《ほっく》を寄せた。

この発句を寄せた人間の中に、芭蕉《ばしょう》の門人はほとんどない。唯一、桃隣《とうりん》の句があるばかりである。

其角に近い人間たちから順に其角のもとを去っていったということであろうか。

其角の死後、その妻と長女さちの行方《ゆくえ》がどうなったか、わかっていない。

これについては、其角に近かった秋色《しゅうしき》が、其角一周忌追善集『斎非時《ときひじ》』に、次のような句を載せている。

おさちといへるもさちならず、いづちに育立《おいたち》けん哀《かなしみ》を
面わすれ菜種は何をとぶらうぞ

つまり、其角の死んだ一年後、秋色はその妻と娘の行方を知らなかったことになる。

あはれなるは、さちといへるむすめ、いづちにかはふれぬらむ、たよりをだにきかず……

これは、同じ秋色が、其角七回忌追善集『石などり』に書いた文章である。

このことから考えるに、つまりこれは、其角の妻と娘が、其角の俳諧仲間と、一切の縁をきりたかったということであろうか。誰にも行方を告げずに、ふたりは居を移してしまったとしか思えない。

其角門人の寒玉《かんぎょく》が、其角にたむけた句が残っている。

　中《もう》まい酒の意見を花の霊

さて、其角の辞世の句がないことはすでに書いた。

それも淋しいので、残された句の中から、一句を其角の辞世として選びたい。

　声かれて猿の歯白し岑《みね》の月

本書では、これを其角の辞世としておきたい。

四

三宅島《みやけじま》の朝湖が、其角の死を知ったのは、其角の死からおよそ二ヵ月後の春から初夏にかけてのことであった。

紀伊国屋が書き送った文を読んだのである。

その文を右手に握って、朝湖は、岩の上に座している。

黒いほどに青い海が、眼の前に広がり、左から右へ、音をたてるようにして潮が動いている。

風が吹いている。

その風が、朝湖の頰をなぶっている。

青い海の表面に、ナブラが立つ。

鰹《かつお》に追われた小魚が、海面で跳ね、それを下から追い立ててきた鰹が、飛沫《しぶき》をあげて、捕食しているのである。

遥か海の向こうに、小さく富士が見えている。

富士の頂には、まだ、白い雪が積もっている。

「其角よう……」

朝湖はつぶやいた。

その頬を涙が伝っている。

「死んじまったか、其角よう……」

あとからあとから流れてくる涙を、朝湖はぬぐわなかった。

風が吹いている。

風が、乱れた朝湖の髪を揺すっている。

すぐ先の海面が、ざわざわと泡立ち、そこに鰹が跳ねて飛沫をあげる。

すぐ手が届きそうだ。

「其角、鰹が跳ねてるぜえ。ここなら、うるせえことを言う人間もねえ、いくらでも釣れるぜ、其角よう――」

風が吹く。

風が吹く。

朝湖は、声をあげて泣いていた。

「馬鹿が、酒に殺されやがって……」

風が吹く。

潮が流れてゆく。

富士が見えている。

「おれア、負けねえからな……」

朝湖はつぶやいた。

「おれが、てめえのかわりに見てやるからよ。このくだらねえ世の中が、これからどうなるのか、おれがてめえのかわりに見とどけてやる。てめえが見れなかったもんを、このおれがかわりに見てやるからな」

朝湖は、握っていた文を、立ちあがって空に向かって投げつけた。

それを、風が奪って、たちまち蒼《あお》い天に運んでゆく。

「おれは、くたばらねえからな。おれは死なねえからな……」

朝湖の口の中で、歯がきりきりと鳴っていた。

巻の二十二　弥太夫入牢《やだゆうじゅろう》

一

阿久沢弥太夫《あくさわやだゆう》と松本理兵衛《まつもとりへえ》が、禁じられていた釣りを、ひそかにやっていたことで入牢することとなったのは、宝永《ほうえい》五年（一七〇八）の秋のことである。

このこと、根岸鎮衛《ねぎしやすもり》の著した『耳袋《みみぶくろ》』と、松崎尭臣《まつざきたかおみ》撰の『窓の須佐美《すさみ》追加』に記されている。

『窓の須佐美追加』の方では、阿久沢弥太夫の相方は、松本理兵衛ではなく久下善兵衛《くげぜんべえ》ということになっている。これを松本理兵衛としているのは、『耳袋』の方である。

この物語では、これまで通り、松本理兵衛としておきたい。

このふたつの書を合わせた話をもとにして、ふたりが入牢することとなった事情について、以下に記しておきたい。

まず、『耳袋』には、その冒頭に、
常憲院様《じょうけんいんさま》（徳川綱吉《とくがわつなよし》）御代、生類御憐《しょうるいおんあわれ》みにて殺生《せっしょう》堅く御戒《おんいまし》めの折から、御家人の内阿久沢弥太夫、松本理兵衛といえる者忍びて釣りをせしを、廻りの者咎《とが》め聞きければ、もってのほか悪口などして立別れぬ。

とある。

『窓の須佐美追加』では、同じくその項の冒頭に、
宝永の末にや、殺生制禁の比《ころ》、御歩行組頭愛久沢弥太夫といふ者、同僚の何某とうちつれて釣を好《たしな》み、つねの事にしてたのしひしがきこへて、召出《めしいだされ》て推問有けり。

と記されている。

阿久沢弥太夫も松本理兵衛も、生類憐みのことがあったにもかかわらず、釣りをやめずに続けていたことになる。

舟に釣り道具を隠し、沖へ出て釣り、何くわぬ顔でもどっていたのであろうか。

本所《ほんじょ》あたりの割下水《わりげすい》で、竿《さお》を出したか。

これが、人の口の端にのぼり、やがて廻り役の者の知るところとなり、召出《めしだ》されて、詰問《きつもん》されることとなった。

「その方ら両名、日ごろより隠れて釣りをせしとの噂あり。このこと真実《まこと》か？」

この問に対し、弥太夫は平然として、

「御制禁と存《ぞん》じながら、若年より好きたる事にて、老後やみがたく、公務の間は是《これ》ばかり懸《かか》り、楽しみ暮《くら》し候《そうろう》」

このように答えている。

釣りが禁じられているのは承知の上。若年の頃よりやっていた釣りじゃ。公務の間でさえ、この釣りのことばかり考えて、これまで楽しんできた――

それが悪いか――そこまでは口にこそしなかったものの、そう言いたげな弥太夫の口ぶりであった。

松本理兵衛は、弥太夫とはまったく違うことを口にした。

「それがし、釣などは好み申さず。したがって、竿など握ったこともござらぬ。人の申せしことなど、虚言《そらごと》にござろう」

ふたりの言うことは、真っ向から違っている。

これについては、あらかじめ、弥太夫と理兵衛との間で申しあわせがしてあった。

「ふたりで、まったく反対のことを口にすれば、どちらが本当のことかわからず、裁くに裁かれまい」

「おう、生命《いのち》をかけてもとぼけるまでじゃ。こんなくだらぬ法に裁かれてたまるか——」

弥太夫も理兵衛も硬骨の士である。

ともに覚悟の上で釣りをしてきた仲であった。

ふたりを取り調べる側にしても、ふたりの口にすることが違う以上、罪状を決めることはできない。

「この釣り御制禁の世に、釣り鉤《ばり》などはいずくに求めたのじゃ」

問われた弥太夫、少しも動ずることなく、

「それがし、若年よりこの道に熟する者なれば、他人の作りしものでは我が釣技《ちょうぎ》には合いませぬ。それがしの使う鉤は、いずれも我自ら作りしもの。世に阿久沢鉤として知られるものは、我が工夫になる鉤のこと——」

誇らしげに、唇の端に笑みさえ湛《たた》えて答えている。

一方の理兵衛――

「ここに、その方が釣りをしたという証拠がある」

取り調べの者が出したのは、理兵衛が知人にあてた手紙であった。

「ここに、我が手ずから釣りし魚を贈るとその方自身が書いているではないか」

理兵衛は、

「今口にされしこと、まことに不粋《ぶすい》な言葉なり――」

あざ笑うように言った。

「それは、確かに我が書きしものである。しかし、当世、たれかがたれかに物を贈る時、野菜であれば、たとえこれが買ったものでも、自ら作りしものと言い、魚を贈る時には、これを自ら釣りしものと書くは常のこと。それがしが買いたる魚を、手ずから釣りし魚と書いたところで、どれほどの不思議がござろうか」

これには、取り調べる者たちも閉口した。

結局、ふたりは、小伝馬町《こでんまちょう》の揚屋《あがりや》に入れられ、引き続いて吟味《ぎんみ》を受けることとなったのである。

しかし、何度吟味が行なわれても、ふたりの言うことは食い違ったままである。

そして、年が明けた翌宝永六年（一七〇九）正月十日――

奇跡がおこった。

この日、江戸城内において、将軍綱吉が急死したのである。

二

綱吉の死因は、麻疹《はしか》であった。

享年《きょうねん》、六十四。

跡継である家宣《いえのぶ》も、病床の綱吉を何度か見舞っている。しかし、その最期《さいご》の時には間に合わず、家宣がやってきた時には、すでに綱吉の呼吸は止まっていたのである。

まだ存命中、病床に顔を出した家宣に、

「たとえ僻事《ひがごと》であれ、この生類憐みのこと、百年後《のち》の世までも残してくれぬか――」

綱吉が、このように言っていたと『徳川実記《じっき》』は伝えている。

家宣は、まだ綱吉が横たわっている枕元に柳沢吉保《やなぎさわよしやす》を呼び、このことを相談した。

「綱吉様、このように仰せであったが、いかがしたものであろうか――」

すでに、この時吉保は家宣が何を言いたいかは理解していた。

しかし、それを吉保の方から口にするわけにはいかない。

「家宣様には、どのようにおぼしめされておいでてござりましょうか――」

まず、家宣の考えを問うた。

「この生類憐みの令のおかげで、世に万人を越える罪人を出してしまった。そのうちのかなりの者が、この科《とが》で生命を落とし、獄門になった者、獄中に死したる者も数多い。今なお、獄に繋《つな》がれている者も多かろう……」

「はい」

「この家宣がまずやるべきことは、この令をなくすることじゃ。それなくしては、国の愁いは無くならぬ……」

「家宣様の御心《みこころ》のままに――」

吉保は、頭を下げた。

吉保もまた、同じ考えである。

生類憐みの令については、立場上口にこそできなかったが、吉保もまた、理不尽《りふじん》な令であるとは考えていたのである。

おそらく、この生類憐みのこと、肯定《こうてい》した者は、綱吉以外、この世にただの一人《いちにん》もいなかったのではないか。この令についての支持者《しじ》は、この地上のただひとりしかいなかった。それが、たまたま、この日本国の最高権力者であったことが、多くの不幸をこの江戸に生じさせたのである。

家宣は、吉保がうなずくや、ただちに綱吉の亡骸《なきがら》に向きなおり、畳に両手をついて、

「お許しくだされ」

頭を下げた。

「あれほどの御遺命ではござりまするが、生類憐みのこと、廃させていただきとうござります」

家宣の、この言葉通り、生類憐みの令は、かたちばかりを残し、実質上の廃止となった。

新将軍家宣は、次のように老中に申し渡したのである。

「生類憐みのことは、先の将軍が御心にかけられていた如く、我が代にあっても続けねばならぬ。しかし、天下の民が苦しまず、町屋も困窮することなく、奉行所もこれに煩《わずら》わされぬよう配慮せよ。このことで、一切の咎人《とがにん》を出してはならぬ」

生類のことで、町中から入用金を徴収していたことも、合わせて廃止となり、中野の何万頭からいた犬小屋も廃止となった。


生類之儀、向後《こうご》御構《おかまい》これ無く候。尤《もっと》もあわれみ候儀はあわれみ申すべく候。

これが、町方に出された指示であった。

生類のことでは、これまでのように罰したり、刑に処したりということはしないが、生き物をあわれむという心は残すように――それほどの意味であろう。

三

綱吉の死に先立つこと九年、元禄《げんろく》十三年（一七〇〇）に、ふみの屋こと、水戸光圀《みとみつくに》は世を去っている。

光圀がやろうとしていたのは、この日本国の歴史を編纂《へんさん》することであった。

晩年の光圀の生は、ほぼこの大事業のためにあったと言っていい。

『本朝の史記』――神武《じんむ》天皇から後小松《ごこまつ》天皇までのことを記した本で、本紀七十三巻、列伝百七十巻、志《し》百二十六巻、表《ひょう》二十八巻、合わせて三百九十七巻、目録五巻を合わせれば、四百二巻の書である。

これが、『大日本史』として完成したのは、光圀の死後、二百六年後の明治三十九年（一九〇六）である。

光圀の死のありさまについては、『桃源遺事《とうげんいじ》』が次のように記している。

五日には、夜四ツ時過より、御起座なされ、御手を拱《こまぬ》き、少も御くつろぎあそばされず、閑に御座なされ候。御口かはき申すやうに御見え候まゝ、御湯を上《あげ》候へば、二口ほど聞《きこ》しめし、御手を出候まゝ、御はなかみの事と心得さし上《あげ》候へば、御取上《おとりあ》げ、御口のわきにしたゝり候湯を、御拭《おぬぐい》あそばされ候。それよりだん〲御息ほそくならせられ、なるほどしづかにして、其夜丑《うし》の終、あくれば六日と申に、御逝去なされ候。御病中一度も御うなりあそばされ候を、承《うけたまわ》り候者《そうろうもの》もこれなく候。

病中、一度も、呻《うめ》き声をたてなかったという。

享年七十三。

四

入牢中であった阿久沢弥太夫と松本理兵衛は、綱吉の死後、ほどなく釈放《しゃくほう》されて、もとの勤めに復している。

五

流されて、三宅島《みやけじま》にあった多賀朝湖《たがちょうこ》は、将軍代替の大赦《たいしゃ》により、同じ年、宝永六年の九月に赦免されて江戸にもどっている。

この時、朝湖は、名を英一蝶《はなぶさいっちょう》とあらためている。

巻の二十三　忘竿堂《ぼうかんどう》

一

細かい波が、ひたひたと舟縁《ふなべり》を叩《たた》いている。

ちょうど、潮があげてきたところだ。

佃島《つくだじま》の鉄砲洲《てっぽうず》側に舟を浮かべ、津軽采女《つがるうねめ》は、伴太夫《ともだゆう》と一緒にそこから竿《さお》を出している。大川の澪筋《みおすじ》の上だ。

すぐ眼の前が、鉄砲洲で、そこにも何人かの釣り人が竿を出しているのが見えている。

その背後に、西本願寺の大屋根が見え、さらにその遥《はる》か向こうに、秋の富士が見えている。

空の高いところに、筋を引いた雲がいくつも浮かんでいる。

昼までにはまだ時間があった。朝、陽《ひ》が昇る前に舟を出して、舟上で日の出をむかえ、竿を出したのである。

潮があげはじめてから、次々と竿が曲がりはじめた。

餌《エサ》の川蚯蚓《カワミミズ》をつけ、落として糸を張れば、十度も呼吸をしないうちに、沙魚《ハゼ》独特の小さな前アタリが、手元まで伝わってくる。

始めたばかりの頃は、この前ぶれですぐに合わせていた釆女であったが、今は、ここぞと思ってからほんのひと呼吸ほどの間《ま》を置いて、竿を立てることが自然にできるようになっていた。

もっとも、生類憐《しょうるいあわれ》みのことがあり、長い間竿を握っていなかったこともあって、この春久しぶりに竿を握った時には、すぐには、魚ごとに微妙に違うこの魚信《アタリ》の間にうまく合わせることができなかった。

それが、五尾、七尾と釣るうちに、昔の感覚がもどってきて、前ぶれがあってから、合わせまでの間が上手にとれるようになった。

最初の前ぶれは、まだ、沙魚が川蚯蚓の先を咥《くわ》えている時だ。ここで合わせてしまっては、魚をばらしてしまうことがある。沙魚が、餌を鉤《はり》のところまで咥えるまで待たねばならない。時間にすれば、ほんのわずかな間だが、このわずかな間こそが、沙魚釣りの醍醐味《だいごみ》であるといっていい。

糸を張って前ぶれを手で味わいながら、竿先の弾力だけで餌を小さく引いてくると、それまでとはわずかに違う重みが竿を握る手に届いてくる。この時こそが、合わせる時である。

合わせる。

ぷるぷるという沙魚の動きが手に伝わってくる。

ひと息に抜きあげてもよいのだが、采女はこの時、魚の感触を楽しむのが好きだった。抜かずに、沙魚を自由に遊ばせるのだ。それほど長い時間ではない。わずかに息ひとつ分ほどの時間だ。

「采女様の竿を見ておりますと、これはよほど大きな沙魚が掛かったかと思われまするが、あがってくるのを見れば、それほどのものではござりませぬな」

と、伴太夫に言われたことがある。

なるほど、掛かってもすぐにはあげずに、引きを楽しんだりしていると、大きなものが掛かったように見えてしまうのかもしれない。

采女にしてみれば、もう少し、引きを楽しんでもいい気持ちはあるのだが、魚の感触を楽しんでばかりいると、手返しの時間がかかってしまい、釣れる魚の数が少なくなってしまう。結局、数釣りに徹するのがよいのか、味わいを優先させるべきであるのか、いずれにも決めかねて、今のような釣り方に落ちついたのだが、それでも、まだ迷いはあるのである。

世間や実の暮らしのことから言えば、どうでもよいささいなことなのだが、そのささいなことにあれこれ気をまわして悩んだりするところに、釣りというもののおもしろさがあるのだと采女は思っている。

宝永《ほうえい》六年（一七〇九）秋——

すでに、采女は四十三歳になっている。

この年の正月に将軍綱吉《つなよし》が死んで、気がねすることなく釣りができるようになってから、おりをみては、采女は竿を握るようになってしまった。

釣り船禁止の令が出てから、およそ十六年釣りをすることができなかったのだ。

その埋めあわせをするように、時間さえあれば、采女は海へ出た。

いや、采女にとって、今やっている釣りというのは、ただこれまで竿を出せなかった分の埋め合わせというだけのものではない。

釣りによって、自分は生命をながらえることができた——采女はそのように思っている。

赤穂《あこう》の浪士たちの吉良《きら》邸襲撃の一件以来、采女は自分でない生を生きているような気がしていた。

笑わなくなった。

屋敷を出る時も、外でたれかと会う時も、仮面を被《かぶ》っているような気がした。他の誰かになるための仮面ではない。被っていたのは、津軽采女という自分自身の仮面だ。采女がもうひとりの采女の仮面を被って生きてきたのだ。それも、人前では決して笑みを見せない仮面だ。たまに笑う時は、口元が笑みになっただけの仮面を被っている。世間というものに、決して心を許さない——いや、許すことができなくなってしまったのだ。

このことで、采女は生命までも痩《や》せ細って、呼吸すら苦しくなりかけた時——綱吉の死によって、生類憐みのことが廃されたのである。

「釣りにまいりましょう」

伴太夫が、声をかけ、舟に乗って波に揺られ、潮風を呼吸した時、采女はようやく自分が自分の意思で呼吸していることを知ったのであった。

釣れても釣れなくとも、海は、采女の心をなごませた。どのように心が塞《ふさ》いでいる時でも、竿を握ると、不思議と気が晴れる。釣りをしていれば、やりきれぬ時間を、なんとか、そこそこにやりすごすことができるのだ。

釣りは、楽しい。

しかし、その楽しさよりも、そのやりきれぬ時間を釣りが埋めてくれることの方が采女にはありがたかった。

哀《かな》しい人間ほど、釣りにゆくのではないか——このごろは、ぼんやりと、そんなことを考えるようになった。

投竿翁《とうかんおう》ことなまこの新造《しんぞう》が、あれほど釣りにのめり込んだというのも、その心のどこかには哀しみのようなものがあったのではないか。

自分の握るこの竿は、人が生きてゆくための杖《つえ》である。

人は淋しい。

人は愚かだ。

その淋しさや、哀しさや、愚かさの深さに応じて人は釣りにゆくのであろう。

人は弱い。

その弱い人間が、なんとか歩いてゆくためには、杖が必要だ。

弱い人間がすがる杖、それが釣りなのではないか。

綱吉にしても、もしも釣りをやっていたら、あのような令を出さずに済んだのではないか。

采女は、夜、綱吉が夢の中でうなされていたのを何度も耳にしている。眠りは、普通たれにとってもやすらぎを与えるもののはずが、綱吉にとってはそうではなかったのではないか。

——あの方も、そのお心の裡《うち》に、癒しきれぬ何ものかを抱えておいでだったのであろう。

このごろは、采女もそう思うようになっている。

潮があげてきてから、次々に沙魚が喰いついてくる。

「上手にお掛けになりますな」

伴太夫が、横から声をかけてくる。

「竿がよいのさ」

采女が使っているのは、野布袋竹《のぼていだけ》の丸。

長さ二間《けん》半。

片ウキスになっていて、節の数は六六《ろくろく》よりひとつ多い三十七。

竿尻に近い場所に、

〃狂〃

の字が書かれている。

かつて、投竿翁ことなまこの新造が使っていた竿だ。

これが、采女の竿をあやつる時の呼吸によく合っている。

喰わせておいて、少し遊ぶ。

その時は、柔らかい竿先が自由にあばれて、魚の動きをよく伝えてくる。そこから、ほんの半寸ほど竿を立ててやるだけで、あとは、竿の方が、その弾力で、魚をすうっと海の底から抜いてくれるのである。

糸を垂らし、掛け、遊び、魚を抜きあげて、手で受けるまでの動作に、すでに型があり、その様子がなんとも様になっているのである。

「見ていて、楽しゅうございます」

そう言ったのは、岩崎《いわさき》長太夫《ちょうだゆう》である。

もう八十歳を超えていて、めったに舟は出さないのだが、采女が海に出る時だけは、長太夫が竿を持ち、櫓《ろ》を握る。

伍大力仁兵衛《ごだいりきのじんべえ》は、すでに二年前に世を去っている。

今では、長太夫が、このあたりの海では一番の古株《ふるかぶ》になってしまった。

「あがりましたよ」

そう言って、長太夫が、皿を差し出してきた。

そこに、沙魚のてんぷらが載っていて、塩がひとつまみ盛りつけてある。

七輪と炭、そして、鍋を持ち込んで、長太夫が、釣ったばかりの沙魚をあぶらで揚げて、食わせてくれるのである。

頭を落とし、わたを出し、腹を開いて、それを揚げる。その作業を、太い指で長太夫は器用にこなす。

右手で竿を握りながら、采女は左手でそれをつまみ、塩をつけて口の中に放り込む。

うまい。

長太夫が、舟の中に用意されている膳《ぜん》の上に、まだ、沙魚のてんぷらの残っている皿を置く。同じ膳の上に、酒の入ったちろりと杯が置かれている。その杯に、長太夫が酒を注ぐ。

その杯を手に取って、采女は、まだてんぷらの味が残っている口の中へ酒を流し込む。

この時には、もう、次の沙魚が、采女の竿に掛かっている。

「釣れておりまするぞ」

伴太夫が言う。

「承知じゃ」

采女は、合わせて、竿を握った右手に届いてくる沙魚の感触を楽しんでいる。

杯の中に残った酒を悠々と乾してから、采女は、空になった杯を膳の上にもどし、竿を立てる。

沙魚があがってくる。

「よい竿じゃ」

言いながら、采女は、抜きあげた沙魚を、左手で受けた。

二

潮が止まったところで、少し早いが、陸《おか》へあがった。

舟を寄せて、土手を登る。土手に、長太夫が小屋掛けしているので、そこでひと休みしてから帰るつもりだった。

小屋へ向かって采女たちが歩いてゆくと、小屋の前の縁台に、腰を下ろしている人物がいた。

採女たちに気がつくと、その人物は立ちあがった。

阿久沢弥太夫《あくさわやだゆう》であった。

弥太夫は、採女に向かって一礼した。

「鉄砲洲で竿を出しておりましたが、沖の舟にお姿のあるのを拝見した故《ゆえ》、お帰りになる前に御挨拶《ごあいさつ》をと思い、待っておりました」

弥太夫の髪には、白いものが混ざっている。

会ったばかりの頃は、まだ、三十代の半《なか》ば過ぎくらいであったか。今は、六十歳を超えているはずであった。

「これはこれは、阿久沢様」

長太夫は背負子《しょいこ》で担いでいた七輪をおろし、丁寧《ていねい》に頭を下げた。

短く挨拶を済ませ、

「釣果《ちょうか》は、どれほどでございましたか」

採女が訊《たず》ねると、

「ちょうど、二百と七つほどで――」

二百七尾――

採女と伴太夫が釣ったものを合わせたよりも数が多い。

采女も、今ではそこそこ釣りの腕には自信がある。

しかし、この弥太夫は別格だ。

遊びをやめて、本気になって数勝負をしても、弥太夫には勝てそうにない。陸《おか》から釣るより有利な、舟の上からふたりがかりで釣って、まだかなわない。

弥太夫の釣りには、求道的《ぐどう》なところがある。釣りはじめたら、飲まず、喰わず。ただ一心に釣る。動きに、無駄や遊びは一切ない。本身をもちいての真剣勝負の如きおもむきがある。

時おり、采女も弥太夫の釣る姿を見るが、その背には、座禅する高僧が負うような、清い光の如きものが宿っているようであった。

「もはや、達人の域でござりまするな」

伴太夫が言った。

「まだまだでござります。今日も、ふたつほど、合わせ逃《の》がしをいたしました」

真面目な口調で、弥太夫は言った。

「そういえば、このところ、松本《まつもと》様のお姿を見かけませぬが――」

采女が問うたのは、松本理兵衛《りへえ》のことであった。

ふたりは、昨年、釣りのことで、小伝馬町《こでんまちょう》の揚屋《あがりや》に入れられていたのだが、正月になって綱吉が急死したため、お咎《とが》めなしということで出てきたのである。

その後、釣りができるようになって、これまで何度か弥太夫とは釣り場で顔を合わせていたのだが、松本理兵衛の顔は、まだ、見ていないのだ。

「松本は、釣りをやめました」

「どこか、身体《からだ》のぐあいでも悪くされたのでしょうか」

「いいえ」

弥太夫は、首を左右に振った。

「自分で口にしたことに、責任をとったということで――」

こういうことであった。

取り調べのおり、松本理兵衛は、自分は釣りをしたことなどないということで申し開きをして、それで押し通した。

「そう口にした以上、いくら釣りができるようになったからといって、竿を持つわけにはいかぬ」

己《おの》れの言葉に殉《じゅん》ずるかたちで、釣りをやめてしまったというのである。

「今日は、釣れた沙魚を、松本のところまで届けてやる約束で――」

弥太夫は、小屋の板壁にたてかけてあった竿を手に握った。

「では、これにて――」

慇懃《いんぎん》に頭を下げ、弥太夫は去っていった。

三

帰りそびれて、采女と伴太夫は、縁台に腰を下ろし、酒を飲みながら海を眺めている。

秋の風が、水面《みなも》を渡って、采女の頰《ほお》に吹いてくる。

帆をあげた船が、江戸浦《えどうら》を動いている。

いい風だった。

ぎりぎりまで竿を出すのもいいが、こうして早あがりをして、釣った沙魚を肴《さかな》に海を眺めているというのも、それはそれで心地よい。

「ごめんくださいまし……」

そういう声が聴こえて、その方へ采女が眼をやると、そこへ、藍《あい》に染めた小袖《こそで》を着流しにした、大柄な漢《おとこ》が立っていた。

歳の頃は、五十代の終り頃だ。

坊主頭で、その顔に見覚えがある。

「あなたは……」

采女が言うと、

「多賀朝湖《たがちょうこ》でござります。この面《つら》に、覚えはござりますか――」

漢は、そう言って、頭を掻《か》いた。

「多賀殿……」

采女は言った。

もちろん覚えている。

多賀朝湖だ。

元禄《げんろく》十一年（一六九八）、島流しになって以来の再会だった。

「お久しぶりで。しばらく前《めえ》に、赦免《しゃめん》されて、もどってめえりやした」

十年――十一年ぶりになるのか。

「其角《きかく》のやろうの墓参りに行った帰りで。線香《せんこう》あげてるうちに、昔の知った顔に会いたくなっちまってね。ここへ来りゃあ、誰かいるだろうと足を向けてみたってえわけで……」

十年前に比べて、痩せている。

しかし、病的なものは感じられない。もともと、眸《め》や鼻や口の造作《ぞうさく》が大きく、異相であった。それが愛敬《あいきょう》ともなっていたのだが、同時に毒も含んでいた。笑うと、眼元や口元からその毒がこぼれ出てくるように見えることもあった。

だが、今見る朝湖の顔からは、その毒気《どくけ》のようなものが失せていた。

見た時に、見覚えがあるのに、一瞬、たれであったかと采女が考えたのは、そこであった。

朝湖が、その体内に含んでいた巨大な量の毒が、そのますっかり、量をそのままにして哀しみの如きものに変じてしまったようであった。いや、そもそも、その毒を生み出していた元が、その哀しみであったのかもしれない。毒によって見えなかったそれが、毒が消えて、見えてきたのかもしれなかった。

秋の潮風が、朝湖の頬をなぶっている。

「あたしの知らねえ間に、ふみの屋さんもお亡くなりになった。其角の嬶《かか》ァも娘も、行方が知れねえ……」

朝湖は海を見やった。

「沙魚は釣れやしたか？」

「百とふたつほど――」

采女は言った。

「そりゃあ立派なもんだ」

「今、ここで、今日釣ってきた沙魚《やっ》を炙《あぶ》っておりますから、それで、一杯いかがです」

長太夫が言った。

「そいつはありがてえ。ちょいと腹が減っていたんだ。いただかせてもらいやしょう」

「なら、さっそく」

長太夫が、奥からもうひとつ縁台を出してきたので、朝湖はそれへ腰を下ろした。

沙魚の焼ける匂いが、潮風に混じる。

朝湖は、酒を飲み、焼けた沙魚を喰った。

「三宅島《あちら》で、ガキをひとりこさえましてね。まだ、十《とお》にもならねえやつですが、一緒に江戸へ連れてめえりました」

ぽつりぽつりとこれまでのことを語っていた朝湖の眸が、小屋の壁の外側にたてかけてある竿に気がついた。

「あれは?」

今日、舟の上で、采女が使っていた竿である。

「投竿翁、なまこの新造が使っていたものを、昨年いただきました」

采女は言った。

「紀伊国屋《きのくにや》の旦那《だんな》から？」

「そうです。昨年、お会いしたおり、もらってくれと――」

「ありゃあ、二十四、五年前、俺《おい》らと其角がこの海で釣りあげた死体が握ってたもんだ」

後になってそれがなまこの新造とわかったのだが、そのおり、その話を紀伊国屋がこれをおもしろがって、

「わたしが買いましょう」

十両という金で、ふたりから買いとったものであった。

「いずれ、本を書こうと思っております」

采女は言った。

「本？」

「釣りの指南書です。投竿翁の書いた『釣秘伝百箇條《つりひでんひゃっかじょう》』、あのようなものを書きたいのです」

「へえ」

「あれもなかなかすぐれたものですが、今は、澪の流れも昔と違っており、釣りの道具も、あれこれ工夫されて、新しいものも出ております。釣りのことだけでなく、潮の見方、江戸浦の天気の見立てなども書くつもりです」

「そいつはいい。おもしろそうだ」

優れた釣り師ではあったものの、新造は、市井《しせい》の人間であった。充分な金は使えず、文章にしても、拙《つた》ない部分が少なからずあった。

「絵師に命じて、浮子《うき》や錘《おもり》の絵なども描かせるつもりでおります」

「そんときゃあ、あたしに声をかけてもらえやせんか。其角への供養《くよう》だと思って、せいいっぱい描かせてもらいますぜ」

「ぜひ」

と言ってから、采女は何か思い出したように、

「ところで、今日は、この後、何か用事はござりますか」

朝湖に言った。

「何もござりません。帰って寝るだけのことで……」

「ならば、ぜひ、おいで願えませんか」

「どちらへです?」

「わたしの屋敷へ――」

「津軽様の?」

「お見せしたいものがあるのです。ぜひ――」

采女は、丁寧に頭を下げていた。

四

「こちらへ――」

と、案内されて、朝湖は左手に庭を見ながら廊下を歩いてゆく。

采女が先を歩き、伴太夫、朝湖の順で歩いてゆく。

ほどなく、離れ、とそう呼んでもいい棟《むね》へいつの間にか廊下伝いに渡っていて、

「ここです」

采女が足を止めた。

「忘竿堂《ぼうかんどう》と呼んでおりまして、釣りのことやら何やら、わたしの遊びのことだけのための場所でございます」

采女は、自ら障子を開けて、中へ入った。

「どうぞ」

と、呼ばれて、朝湖は、伴太夫と共に中へ入った。

茶室ほど狭くはない。

丸い障子窓があり、文机《ふづくえ》があり、棚《たな》がしつらえてあって、そこに文箱《ふばこ》のようなものが幾つも置かれている。

微《かす》かに魚の生臭いにおいも漂っているのは、棚の上に魚籠《びく》が置かれてあるからであろうか。

壁の一画には、何本もの竿が掛けてあるのが見える。幾つかの文箱の中に入っているのは、鉤やら錘やらの釣り道具だろうと思えた。

「それへ」

と言われて、朝湖は、床《とこ》の間《ま》に向かって座した。

まだ、障子は開け放たれたままになっていて、そこから午後の陽が斜めに畳の上に差している。

どこからか、菊が匂っている。

「何でしょう」

朝湖が言った。

「気がつきませんか――」

采女が言った。

采女の視線が、ちらりと床の間の方へ動いたのを朝湖の眸が追うと、そこへ掛かっている軸が眼に入った。

絵が描かれている。

「これは……」

朝湖は、声をつまらせた。

「あの竿と一緒に、紀伊国屋さんからいただいたものです。これをぜひ見ていただきたかったのと、わたしがこれをここに掛けておくお許しをいただこうと思いまして――」

「いや、これは……」

朝湖は、口をもぐもぐとさせて、言葉を捜している様子であった。

「こいつは、紀伊国屋の旦那がえらく気にいって、欲しいというんで、あたしと其角がさしあげたもんで。紀伊国屋の旦那が、それを津軽様にさしあげたっていうんなら、許すも許さぬもねえ、こりゃあ、津軽様の自由になさっていただいてかまわねえもんです――」

「いただいて、よろしいのですね」

「もちろんでさあ。しかし、まさか、これが、こんなところに……」

「ほんとうに？」

「ええ。其角のやろうだって、悦《よろこ》びますよ。いいところへもらわれたって――」

「いい絵です」

采女が言うと、

「うっ」

と、朝湖が声を詰まらせ、その眼から涙をあふれさせた。

それは、朝湖が描いた絵であった。

海に舟が浮かんでいる。

船頭は、どうやら伍大力仁兵衛《ごだいりきのじんべえ》のようだ。

ふたりの釣り人が乗っている。

海の向こうに、西本願寺の大屋根が見えていて、その上に富士山が見えている。

竿を握って、大きな口をあけて驚いているのは、どうやら其角らしい。

その横で、さらに大口を開け、手を叩いて大笑いしているのが、描いた本人である多賀朝湖とわかる。

大きな王余魚《カレイ》が波間から宙に躍りあがり、その口から、ちょうど鉤がはずれたところであった。

空にあたるところに、賛がある。

大王余魚見てすぐ帰る春の富士
波間のことも夢のまた夢

朝湖の上の句に其角が下の句を付けた歌だ。

念入りに手を加えられた絵ではない。

さらっと筆の勢いにまかせて描かれた絵だ。

さらに、その絵には、

其角先生大王余魚を逃がすの図
大きさ一尺八寸

その言葉がそえられていた。

二十四年前、江戸浦で、朝湖と其角が釣りをした時のものだ。

「本当に楽しそうで……」

采女は言った。

朝湖は、まだ、肩を震わせて涙をぬぐっていた。

結の巻

一

以下、語ることは、もう、あまり多くない。

この先は、とりとめない雑談風のものとして、ゆるゆると気がむくままに記してゆきたい。

まず、采女《うねめ》のことだ。

津軽《つがる》采女は、この世の不幸を、ほとんど一身に背負って生きた人物である。

資料を読みながら、ひとりの人間が、これほどの不幸に出会うことがあるのかと考えてしまった。

本編でも記したことだが、天和《てんな》三年（一六八三）采女十七歳の時に、父である信敏《のぶとし》が死に、若くして家を継がねばならなかった。

貞享《じょうきょう》五年（一六八八）、采女二十二歳の時に、妻の阿久里《あぐり》が死んでいる。

次の不幸は、やっと手にした側小姓《そばこしょう》の役を、左足の怪我《けが》で、やめざるを得なくなってしまったことだ。

さらに、元禄《げんろく》十五年（一七〇二）、義父である吉良上野介義央《こうずけのすけよしなか》が、赤穂《あこう》事件で惨殺《ざんさつ》されるという、元禄最大の事件といっていいできごとにも遭遇している。

この時、采女は、ようやく小普請御役金取立役《こぶしんおやくきんとりたてやく》という役にあったのだが、この役も、後に自宅より出した火事のことでやめねばならなくなっている。

采女の不幸の多くは、自分より若い身内の死であった。

本編では、あえて記さなかったのだが、采女は、阿久里の死んだあと、後添えをもらっていたらしい。

らしいというのは、結婚をしたという資料がなかったからだが、子供や孫はどうやらいたようなので、「らしい」という表記をあえてしたのである。

宝永《ほうえい》七年（一七一〇）九月十四日、采女の屋敷から出火して、家は全焼した。

これによって、采女は小普請御役金取立役を罷免されてしまうのである。

正徳《しょうとく》四年（一七一四）四月十六日、采女の次女が他界——享年《きょうねん》二十二。

正徳六年（一七一六）正月十六日、長女が他界――享年二十五。

享保《きょうほう》二年（一七一七）六月二十六日、子のひとりが他界。

享保三年（一七一八）一月十一日、三女が他界――享年二十一。

この他にも、元禄十一年（一六九八）の二月に、子のひとりが亡くなり、正徳元年（一七一一）にも子のひとりが亡くなっているのである。

享保六年（一七二一）四月五日、子のひとりが他界。

享保七年（一七二二）四月十九日、子のひとりが他界。

ついでに記しておけば、享保四年（一七一九）に、采女の居宅からまた出火して、屋敷を焼いている。

不幸は、まだ終らない。

享保八年（一七二三）十二月十日、孫のひとりが他界。

享保十二年（一七二七）正月、火事により、采女の居宅類焼。

享保十三年（一七二八）正月二十四日、孫の登弥子他界――享年四。

享保十七年（一七三二）三月十八日、江戸御丸下より出火した飛火で、采女の居宅類焼。

享保十八年（一七三三）六月四日、孫のひとりが他界。

その翌日に、采女に残された最後の子、内蔵介《くらのすけ》が他界。

その数日後、孫の豊五郎が他界――享年九。

元文《げんぶん》三年（一七三八）五月二十八日、孫の百次郎が他界。

元文四年（一七三九）に、孫偶子が他界。

その三日後に、また、孫の安之丞が他界。

身内の死――自分より若い、子や孫の死が、人の不幸の大なるものであるとするなら、これほどの不幸な目にあった人物もまた、いない。

采女が亡くなったのは、寛保《かんぽう》三年（一七四三）正月二十五日である。

享年七十七。

遺体は、津軽家代々の菩提寺《ぼだいじ》である江戸上野にある津梁院《しんりょういん》に葬られた。

法名《ほうみょう》、寂照院宗覚泰雅大居士。


さて、津軽采女については、最後にぜひとも記しておかねばならないことがある。

それは、采女が著《あら》わした、現存するものとしては、我が国最古の釣り指南書となる『何羨録《かせんろく》』のことである。

『河川録』でなく、『何羨録』――なぜ、このような題になったのかというと、諸説あってはっきりしない。幾つかの写本が残っていて、そのうちのひとつは『河羨録』となっているが、ここであえてその理由は問わない。

ここで、万年筆のインキをあらたにして記しておきたいのだが、これは、たいへんな名著である。

中国、日本における古今の釣り話から始まって、江戸の様々な釣りについての情報が記されている。

竿の作り方、鉤の作り方から始まって、現代でも時々論争になる、光る錘がよいのか、光らぬ錘がよいのかということにまで言及されており、江戸浦の天候の見方から、各魚の釣れるポイント、餌に至るまであらゆることにわたって記されている。

竿にしても、鉤にしても、錘、浮子《うき》に至る図解入りだ。

筆者は、ヒマラヤやチベット、シルクロードなどの辺境から、ロシア、イギリス、アラスカ、南米など様々な土地で釣りをしたことがある。その土地その土地に、様々な魚と、その魚種に合わせた釣法があり、漁法があるが、それらのどの国々に比べても、日本の釣りには、異常とも言えることがある。

それは、鉤の種類の多さである。

タナゴ、ワカサギなどの小さな魚から始まって、鯉《コイ》、メジナ、鯛《タイ》、鮪《マグロ》に至るまで、ありとあらゆる魚の、ありとあらゆる大きさの鉤があるということだ。さらに、メーカーごとにまた同じ魚種でも違う鉤を出している。地球の多くの国は、それほどの種類の鉤を持たない。

ブラジルのアマゾン川でも、ベネズエラのオリノコ川でも、漁師やガイドが、わずかな種類の鉤だけで、あらゆる魚種に対応している。シルクロードの崑崙《こんろん》山脈からタクラマカン砂漠に流れ込む川でもそうであり、パラオでも、マレーシアでも、アフリカでも、オーストラリアでも、アメリカでさえそうだ——そして、彼らが使っているのが日本のメーカーの鉤であるというケースはまことに多い。

采女の著した『何羨録』を読んだ時に、その原因——理由がわかった。

その秘密は、元禄時代にあったのである。

この頃の江戸浦は、豊饒《ほうじょう》な海であった。

鮪も回遊してくるし、海亀《ウミガメ》もやってくる、鯨《クジラ》まで入ってきて、ありとあらゆる魚が、ここで獲れた。

そして、ここに小普請組という、給料をもらいながら、しかも仕事はないという武士たちが、多く生活していたのである。

日本の釣り——楽しみのための釣りの発展のもとになったのは、この、武士たちであったのである。

鉤の種類のことで言えば、『何羨録』にあるだけで、すでに三十二種から三十三種の鉤が紹介されている。

しかも、その鉤の多くには、人の名が付けられている。

たとえば――

岩崎長太夫流岩崎鉤
嶋田《しまだ》一元翁《いちげんおう》流ノ鉤一元鉤ト云リ
宅間《たくま》玄牧《げんぼく》流鱠残魚《キス》鉤
阿久津彌太夫鱠残魚鉤
鉄炮洲漁人長兵衛《ちょうべえ》流鉤　異名ヤタラト云

といった具合である。

ここにある阿久津彌太夫は、阿久沢弥太夫と同一人物と思われるのだが、それはさておき、これが、今日の、日本の鉤の種類の多さの原因となったのではないか。

現存する世界最古の釣り本は、一六五三年に発刊された、アイザック・ウォルトンの『釣魚大全』であると言われている。

それにおくれること、五十数年で、日本に釣り指南書『何羨録』が書かれたことになる。

『何羨録』の中に、投竿翁という人物が書いたとされる『釣秘伝百箇條』（現存しない）のことが記されているが、あるいはこれが『釣魚大全』より以前に書かれた釣り本である可能性はあるかもしれない。

『何羨録』が書きあがったのは、勝部直達《かつべなおたつ》氏によれば、正徳四年から享保二年二月の頃とされている（もっとせばめれば、享保元年から二年）ので、だとするならまさに、これは采女の子や孫たちが次々に死んでいった最初の時期と重なってくる。

采女は、いったい、どのような思いで、この筆を握っていたのであろうか。

この『何羨録』、原本は残っていないが、写本は残っている。

その写本上巻の末尾に、

享保十七壬子年八月十五日　兼松七郎右衛門《かねまつしちろうえもん》殿より思借写之　追ノ瀬次右衛門

とある。

追ノ瀬次右衛門という人物が、原本を兼松七郎右衛門から借りて、享保十七年八月十五日に写し終えた――ということである。

弘前《ひろさき》図書館にある『江戸家中明細帳』に「兼松家由緒書」という項目があって、そこに、

兼松《かねまつ》伴太夫《ともだゆう》、のち七郎右衛門

とあるので、『何羨録』原本を持っていた七郎右衛門という人物は、采女の重臣であった伴太夫と同一人物であったと考えていい。

采女の書いた『何羨録』が、どうして兼松家に置かれることとなったのか。

そのいきさつについては、様々に想像されるが、それについてはあえて記さないでおく。

その方が、物語として、豊饒であろうと思われるからだ。

采女の握っていた竿が、この憂き世を生きてゆくための杖として、晩年の采女を支えたのであろうということを信じたい。

二

さて、ここにひとつの絵がある。

「雨宿り図屏風《びょうぶ》」

と題された、英一蝶《はなぶさいっちょう》の絵である。

三宅島《みやけじま》から帰ってきた多賀朝湖《たがちょうこ》が、このあと英一蝶と名のることになったことは、すでに本編の中で書いている。

東京国立博物館所蔵の絵だ。

平成二十一年秋、板橋区立美術館で、この絵の前に立った時、不覚にも涙がこぼれてしまった。

多賀朝湖という人物について、思いあぐねていた時期であり、この物語をどのようにしめくくるかということについて、悩んでいた時期であった。

島から帰った朝湖は、一蝶となって、風俗というこれまでにない——つまり、狩野《かのう》派とは別の傑作を次々に描いてゆくのだが、その彼の心のうちを知りたかった。

そういう時に出会った絵であった。

どのような絵であったか。

夏のある時、ふいの夕立があって、往来《おうらい》を歩いていた人々が、ある武家屋敷の門の下に、雨宿りをしている図だ。

その門の下には、武士もいる。棒手振《ぼてふ》りもいれば子供もいるし、巡礼や、太神楽《だいかぐら》、鹿島の言触れ、旅の僧——およそありとあらゆる人間たちが、そこで身を寄せあって、雨の止《や》むのを待っているのである。

鳶《とび》職の男もいるし、子供は、たいくつして横木に登って遊んでいる。

犬がいて、女がいて、子供がいて老人がいて、馬も馬子もいる。

破れ傘《がさ》をさして急ぐ者。

竿竹売りは、駆けている。

座頭《ざとう》は急ぐに急げない。

門の下にいる者には、分け隔《へだ》てがない。

武士も、町人も、旅芸人も、女も、子供も、老人も、犬も、馬さえも一緒である。

皆、同じ。

たれもが、雨を避けて宿る者たちだ。

いったい、どこに貴賤《きせん》があるか。

人が愛《いと》しい、人間が愛しくてたまらないという、朝湖の、一蝶の肉声が聴こえてくるような絵であった。

ああ、これなんだ――

そう思った。

これなんだ、これなんだ。

ここに一蝶がいるではないか。

ここに朝湖がいるではないか。

三宅島から帰ってきた朝湖が、どうなったのか、どう生きたのか、ここにありありと自らの筆によって、自らが語っていたのである。


一蝶が死んだのは、享保九年（一七二四）正月十三日である。

享年、七十三。

法名は、英受院一蝶日意居士――

辞世の句は、

まぎらはすうき世の業《わざ》の色どりもありとや月の薄墨の空

である。

三

最後に、この物語の冒頭に記した、『何羨録』の「序」から、津軽采女の言葉を、もう一度、ここに記しておきたい。

嗚呼《ああ》、釣徒《ちょうと》の楽しみは一《いっ》に釣糸の外なり。利名は軽く一に釣艇の内なり。生涯淡恬《たんてん》、澹《しず》かに無心、しばしば塵世《じんせい》を避くる。すなはち仁者《じんしゃ》は静を、智者は水を楽しむ。豈《あに》その外に有らんか。

——『大江戸釣客伝』・完

初刊本あとがき

夢の釣り宿から

どういう釣りがしたいか――

ということは、この二十年、いつも、釣りをやっている友人たちの間で話題にしてきたことである。

どういう場所、どういう環境《かんきょう》で、何を釣りたいか。

所詮《しょせん》夢物語であり、叶うことのない願望であるとわかっている。

そんなことは、と言われる方もおられるかもしれないが、多少なりとも現実味のあるところでは、ぼくは、いつも以下のような主張をした。

おいしい鮎の釣れる水の美しい川の傍《かたわら》に建つ温泉宿。

女将《おかみ》は未亡人で、三十代後半くらいか。これがなかなか色っぽい。飯うまく、ナスの漬け物よし。布団《ふとん》は一日中敷きっぱなしでも文句は言われず、部屋からは、すぐに川を眺《なが》めることができ、宿の前が絶好の鮎のポイントである。しかしながら、いつも釣り人の数はほどほどで、いつ川に入っても、ポイントが空いている。釣った鮎は、女将がなんとも香ばしく焼いてくれる。

夜は、自分の釣った鮎で、ビールを飲む。

読みかけのSFと、好きな漫画本とミステリが数冊。

布団の前に、大きな座卓を置き、仕事の道具や原稿は、自分の書斎の如くに散らかしっぱなしで、好きな時に原稿を書く。疲れたら横になり、書けない時は、時々溜め息をついて、川を眺め、

「よし、行くか——」

ちょいと目の前の川で、二時間ほど竿を出せば、これがああた、なんと二十尾も釣れてしまうんですよ。

こんなことを十日もやっているうちに、女将とも心が通じあって、夜は晩酌《ばんしゃく》につきあってくれるようになって——

これはどうしたって、なるようになってしまうしかないんじゃないの。

いよいよ帰る時には、

「また来年も来てくださいね」

なんて言われてしまうんだよねえ、これが。

どうだ、こんな宿はないか、こんないい釣り場はないかとぼくはいつも主張しているのであるが、結局――

今は良い釣り場が減った。

「昔はよかったなあ」

という話に一同落ちつくのである。

子供の頃、川には、たくさんの魚がいた。

フナはもちろん、メダカもタナゴもオイカワも、ハヤも、その他ゲンゴロウ、タガメ、オニヤンマやギンヤンマのヤゴなどの水棲昆虫もいっぱいいたのである。

天国であった。

「今より下手で、今より太い仕掛けで、なんであんなにたくさん釣れたんだろう」

ぼくらが小学生であった、昭和三十年代――あの頃の川で釣りたい。

海も同じだ。

ぼくの住んでいる小田原の海へ行けば、カサゴだろうがハタであろうが、いくらでも釣れて、サザエやトコブシ、シッタカなんぞも浅場《あさば》でたくさん採ることができたのです。

あの頃の海で遊びたい。

それは叶わぬ夢とわかっている。

どうせ叶わぬ夢なら、いっそ、

「江戸時代なんかどうだろう」

そういう話になったのが、十五年ほども前のことだ。

江戸時代の川や海へ、なんと現代のテグスや鉤、竿を持っていって、そこで魚を釣るのである。

鮎などは、夏ともなれば、尺ものが、いやになるほど釣れてしまう。ぎゅんぎゅんぎゅうんと竿は曲がり、ひゅんひゅんと糸鳴りがする。

魚はどれも、純情きわまりない。

すれてないから、入れ喰いの入れ掛かり。

ああ、もうたまらん。

こうなったら、書くしかないんじゃないの、江戸時代の釣りの話。

そんなわけで、ぽつりぽつりと、神田は神保町の鳥海書房などに足を運んでは当時の資料などを買い集め、そこで出会ったのが、津軽采女の書いた『何羨録《かせんろく》』である。

ああ、これはよい。

この采女を主人公にしたら、江戸時代の釣りの話、書けるんじゃないの。

そんなわけで、いよいよ『小説現代』で、この『大江戸釣客伝』を連載することとなったのだが、いかんせん、まだ、江戸時代の釣りの体験を、自分がしていないことに気がついた。

やるんなら、これは、脚立《きゃたつ》釣りである。

江戸の頃は、江戸浦（東京湾）の干潟《ひがた》に脚立を立てて、みんなその上でアオギスを釣った。

これこそが、江戸の釣りである。

「お願いします、このアオギスを釣ってから、連載をスタートさせてもらえませんか」

そうお願いをした。

〝銀座　東作〟で、

「アオギスを釣りたいんですが――」

と、言って、竿を注文した。

二間半の、もちろん竹竿である。

さあ、この竿でアオギスを釣ってやるのだと燃えてはみたものの、なんと、このアオギス、すでに、東京湾では、様々な埋めたて工事や川の汚染で、すでに絶滅状態となっている。

四国の吉野川の河口域にも生息していたのだが、ここでも絶滅状態。

そこで、ようやくたどりついたのが、某県の某海。

ここに、いい川と干潟が残っていた。

そこに通うこと三年――

持って行きましたよ、脚立――できれば、木製のものにしたかったのだが、これはしかたなくアルミ製のものにして、これを干潟の中に立てて、竿を出しました。

しかし、初回はみごとにボーズ。

最初の二年は、ポイントも何もわからず、地元の人に訊ねてもよくわからない。

時々、網にはかかって、魚屋で売られてもいるらしいが、釣りとなると、まったくもって、よくわかっていないらしいのである。

ようやく釣れたのは、地元に住んでいる友人のM氏に、

「今、釣れてますよ」

という情報をいただいて、あたふたと出かけて行った三年目。

釣れる時は、あっさりでした。

釣り出して、いくらもしないうちに、
ぷるりん……

とアタリがあって、抜きあげたら、なんとアオギス。

尺ものというわけにはいきませんでしたが二十センチ前後の、そこそこのもの。

地元の居酒屋に持ち込んで、これを塩焼きにして、食べちゃいました。

シロギスよりも、やや味はおちるようだと言う人もおりますが、苦労の果てのこのアオギスは、もちろんおいしくいただきました。


そんなこんなで、二年半ほど遅れての連載スタートとなったのであります。

資料については、とても全部は載せきれないので、幾つかを巻末に紹介しておきたい。

このうち、たいへんにありがたかったのは、長辻象平氏の、『江戸の釣り』平凡社新書
に出合ったことである。

江戸の釣りの通史――全体像について俯瞰《ふかん》して眺めるのに、これほどおもしろく、わかり易く書かれている本はなかなかありません。

津軽采女について興味を覚えた方は、ぜひ、『何羨録《かせんろく》』を手にとることをおすすめしたい。これの復刻版が釣り文化協会から出ているのと、わが小田原の釣客であり、作家である小田淳氏の『江戸釣術秘傳』の中にも現代語訳が収録されている。

本屋になければ、古書店や、ネットで捜せば見つかるはずだ。

さらに長辻象平氏の『忠臣蔵釣客伝』もまた、津軽采女を主人公にした小説で、ぼくの『大江戸釣客伝』に先だって、二〇〇三年に同じ講談社から出版されている。采女が気になる方には、これも、お勧めしておきたい。

タイトル中、〝釣客伝〟が重複しているが、これについては、後から采女について書いたぼくの方が避けるべきであるのだが、前々から決めていたタイトルであり、これについては、御容赦願いたい。

すでに『餓狼伝』、『大江戸恐竜伝』など、「伝」をタイトルにつけるのは、以前からのぼくのスタイルで、「釣客伝」は、黒田五柳の『釣客伝』からとってきたものだ。

他、山室恭子氏の『黄門さまと犬公方』（文春新書）も、当時を知る上でたいへんありがたい資料となった。

序の巻の「幻談《げんだん》」は、自らも釣り師であった幸田露伴の傑作『幻談』からとったものである。中のエピソードそのものは、江戸時代に書かれた鈴木桃野《すずきとうや》の『反古《ほご》のうらがき』に書かれているものだ。

今回、表紙は松本大洋さんにお願いして、いそがしい中素晴しい絵を描いていただいた。ありがとうございました。本のデザインについては、友人の菅渉宇にやってもらうこととなった。合わせてここで感謝をしておきたい。

ともあれ、連載を始めて五年、ようやく物語を完結することができてぼくも嬉しい。

このあとがきを書いているのは五月――

いよいよ鮎の季節であり、今年こそはたっぷり川に立ち込み、いい釣りをしたいと思っているのである。

どこかに、いい宿はありませんか。

二〇一一年五月八日

中国杭州市にて――

夢枕　獏

以下の本を資料とさせていただきました。

『何羨録』津軽采女　釣り文化協会
『江戸釣魚大全』長辻象平　平凡社
『江戸の釣り』長辻象平　平凡社新書
『釣魚をめぐる博物誌』長辻象平　角川選書
『釣魚秘傳集』大橋青湖編　第一書房
『古文書で読み解く忠臣蔵』吉田豊　佐藤孔亮　柏書房
『忠臣蔵のことが面白いほどわかる本』山本博文　中経出版
『元禄時代と赤穂事件』大石学　角川選書
『遠島』大隈三好　雄山閣
『黄門さまと犬公方』山室恭子　文春新書
『御当代記』戸田茂睡著　塚本学校注　東洋文庫
『江戸魚釣り百姿』花咲一男　三樹書房
『江戸町触集成』（第二巻）近世史料研究会編　塙書房

『元禄の奇才　宝井其角』田中善信　新典社
『宝井其角全集』（全巻）勉誠出版
『江戸時代からの釣り』永田一脩　新日本出版社
『釣針史料集成』勝部直達編者　溪水社
『江戸釣術秘傳』小田淳　叢文社

解説

細谷正充

江戸だ！　釣りだ！　夢枕獏だ！　これだけで夢枕獏のファンならば、どの作品を指しているのか分かるだろう。そう、『大江戸釣客伝』である。多趣味な作者だが、その中のひとつに〝釣り〟があり、釣り関係の著書も何冊か上梓している。ではなぜ、それほど釣りが好きなのか。二〇二二年九月二十六日に「東洋経済ＯＮＬＩＮＥ」にアップされた「作家・夢枕獏に見る、一流が『釣り』にハマる理由」で、釣りの魅力を聞かれ、

「釣りの魅力は、退屈しないことかもしれません。誤解されがちですが、釣りというのは実はのんびりしていられない遊びです。どんなに釣れなくても、心の中ではつねに『なぜ釣れないのか』『どうしたら釣れるのか』と考え続けています。魚って、『三角形』の中で生きているんですね。自分が対峙《たいじ》する魚が、『捕食する』『捕食されな

い』『生殖する』のどの位置にいるのかを考えて、動き方を変えたり餌を選んだりします。それはまるで、自分と対話しているような感覚です」

と語っている。そうか、釣りは自分との対話であったのか。他の趣味も、突き詰めれば自分との対話に行きつくのだろう。そんな作者だからこそ、自身の趣味を物語へと昇華させているのではないか。格闘技は、『餓狼伝』『獅子の門』などの格闘技小説になった。登山は、柴田錬三郎賞を受賞した『神々の山嶺《いただき》』に、将棋は『風果つる街』へと結実した。もちろん釣りも同様であり、鮎釣りを題材にした『鮎師』、そして江戸の釣り師たちを主人公にした本書が生み出されたのである。

『大江戸釣客伝』は、「小説現代」二〇〇五年十一月号から二〇一一年二月号にかけて連載。単行本は、二〇一一年七月、講談社から上下巻で刊行された。主人公は江戸中期に実在した弘前藩四万七千石の大名・津軽家の分家で、旗本四千石の津軽家の当主の采女《うねめ》だ。現存するものとしては我が国最古の釣り指南書といわれる『何羨録《かせんろく》』の著者として知られている。といっても現代での知名度は、それほど高くない。本書以前で采女を主人公にした小説は、長辻象平の『忠臣蔵釣客伝』くらいだろうか。ちなみに長辻象平は、魚類生態学を専門にする科学ジャーナリストであり、釣り関係の著書も多い。本書の「あとがき」に書いてあるが、そもそも作者が采女を知ったのが、長辻の著書『江戸の釣り』に出会ったことであった。『忠臣蔵釣客伝』も面白い作品なので、本書で采女に興味を抱いた読者には、こちらもお薦めしておきたい。

物語は、松尾芭蕉の弟子の俳人・宝井其角《たからいきかく》と、絵師の多賀朝湖《たがちょうこ》（後の英一蝶《はなぶさいっちょう》）が、釣りをしている場面から始まる。老人の土左衛門を見つけるが、その顔は笑っており、河膾残魚《カワギス》のかかった見事な竿《さお》を握っていた。

というのが「序の巻　幻談」。土左衛門の正体は後になって判明するが、詳しいことは控えよう。また、釣りの合間に其角と朝湖は、江戸城内で大老の堀田正俊が、若年寄の稲葉正休に刺殺された事件の話をしている。そして以後も、時代の流れや空気を担うのだ。

この序が終わると、十九歳の津軽采女が登場する。父親が若死にしたため、十七歳で家督を継いだ采女。といっても津軽家は、閑職の小普請組だ。守り役の兼松伴太夫に誘われ、釣りを始めた采女は、その面白さにはまった。さらに、豪商の紀伊国屋文左衛門が主催した鉤勝負（釣り勝負）を見物したことを切っかけに、文左衛門・其角・朝湖や、釣りの巧みな阿久沢弥太夫や松本理兵衛と知り合う。弥太夫に釣り技を聞いたりして、どんどん釣りにのめり込んでいく采女。身分の垣根を越えて、知り合った釣り好きたちと集まるのも楽しみになっていく。

それにしても作者は、本当に釣りが好きなのだなあ。本書には釣りの描写が山のようにあるが、実に楽しそうに書いている。また「あとがき」によれば〝今は良い釣り場が減った〟と嘆く作者が、小学生時代の川や海で釣りをしたいと思う。だが叶《かな》うわけがないので〝いっそ、「江戸時代なんかどうだろう」〟と考えたことが、本書の出発点になったのだ。釣り人としての理想の場所と環境が、ここにある。そりゃあ、楽しく書けるはずだ。なにしろ夢枕獏にとっての、ドリーム・ランドなのだから。

しかし一方には、厳しい現実がある。采女は、高家・吉良義央《よしなか》の娘の阿久里と夫婦になった。だが病弱だった阿久里は一年で死去。義父の義央との情は、阿久里亡き後さらに強まる。義央の運動により、采女は側小姓として、徳川五代将軍綱吉に仕えるのだった。

ところが綱吉の性格には、いろいろ問題があった。最初はよい政策だった生類憐みの令も、しだいに人間よりも他の生き物を優先する、行き過ぎたものになる。釣りも無関係ではいられない。釣り船禁止令により、漁師以外の人の釣りが禁じられたのだ。其角や朝湖は禁止令を破って釣りをするが、采女は律儀に守る。しかし心の裡《うち》では、釣りを渇望するのだった。

本書の主要な登場人物は、すべて実在している。〝釣り〟が物語を貫く柱になっているが、それぞれの人物の人生や、実際の事件や騒動、さらにはそれを通じて元禄時代を丸ごと捉えた、重厚な歴史小説になっているのである。文化と政治を絡めながら、滔々《とうとう》と流れていくストーリーが魅力的だ。

しかも随所に、作者らしさが横溢《おういつ》している。最初の方の鉤勝負では、格闘技小説と通じる技の描き方があった。弥太夫が采女の前で、竹筒の中に錘《おもり》を飛ばす場面は、矢口高雄の漫画『釣りキチ三平』を意識したのではなかろうか（作者の趣味のひとつが漫画である）。さらに、なぜ自分は釣りが好きなのかと采女が考えるところで、

「何故、人は食べるのか、あるいは、人は何故生きるのか——采女にとって、釣りは、そういうものなのである」

と書いている。これを突き詰めていくと、人間とは何か、命とは何かというテーマに至る。作者が繰り返し、作品で追求しているテーマだ。夢枕作品の求めるものは一貫している。まさに、作者ならではの歴史小説になっているのだ。

この周辺のことを、もう少し掘り下げたい。たとえば投竿翁のことだ。本書でも触

れられているが、『何羨録』の中に、投竿翁という人物が書いたとされる『釣秘伝百箇條』のことが記されている。ただし投竿翁がどのような人物かは、はっきりしていない。それを作者は巧みに利用し、釣りに取り憑《つ》かれた投竿翁の人生と人間像を、鮮やかに表現したのだ。

しかも心憎いのが、投竿翁のエピソードの後に、芭蕉の死のエピソードを置いたことだ。死の瞬間まで俳諧と向き合った芭蕉もまた、取り憑かれた人である。釣りや俳諧にのめり込んだまま死んだ投竿翁や芭蕉は、自己の信念に取り憑かれた綱吉の姿とも通じ合うところがある。文化と政治は対立しがちだが、どちらも生み出しているのは人間だ。人間の営為と、そこに込められた想いが、多角的に表現されているのである。

さらに人物配置の妙も見逃せない。采女の妻が義央の娘ということで、やがて「忠臣蔵」が大きく扱われることが予想できるだろう。刃傷沙汰を引き起こした播州赤穂藩主・浅野内匠頭と、被害者となった吉良義央に対する幕府の処分は、かなり性急ではあるが間違っていない。しかし生類憐みの令に苦しめられる庶民の鬱屈が、義央へと向かい、ついに赤穂浪士の討ち入りとなるのだ。作者の史実の解釈が見事である。しかも其角の使い方がいい。討ち入り当日、あそこに其角がいるとは思わなかった。読んでいて「やられた！」と声を上げてしまったほどだ。

それ以外でも、其角と朝湖の扱いは、注目すべきものがある。其角が弟子であるため、芭蕉の死が無理なく物語に組み込まれている。一方の朝湖は、周知のように反権力的な行動が幕府に睨《にら》まれ遠島になった。文化人の立場から、政治を批判した彼らも、本書の主人公といっていい。

いや、有名だろうが無名だろうが、誰もが時代の主人公だ。そのことは「結の巻」で朝湖をどう描くか、この物語をどう締めくくるか悩んでいた作者が、朝湖の絵を見て感じた想いから伝わってきた。朝湖の絵を〝祝祭空間〟だと思った作者だからこそ、この物語そのものが〝祝祭空間〟になっているのである。

最後にあらためて、『何羨録』に目を向けたい。津軽采女は、なぜ釣りの指南書を執筆したのか。投竿翁の想いを受け継ぎたかったのだろう。『釣秘伝百箇條』をバージョンアップして、今の時点で役に立つ釣り指南書にしたいという意欲もあったのだろう。ただ本書を読むと采女が『何羨録』に、もっとさまざまなことを込めたと感じずにはいられない。采女が何を受け継ぎ伝えたのか、それを描き切った本書もまた、釣りを通じて時代と文化を受け継ぎ伝える、一冊になっているのである。

二〇二四年五月

本書は2013年5月講談社より刊行されました。
なお、本作品はフィクションです。

徳間文庫

大江戸釣客伝《おおえどちょうかくでん》 下

2024年6月15日 初刷

著者 夢《ゆめ》枕《まくら》獏《ばく》

発行者 小宮英行

発行所 株式会社徳間書店

東京都品川区上大崎三―一―一 〒141―8202
目黒セントラルスクエア

電話 編集〇三(五四〇三)四三四九
販売〇四九(二九三)五五二一

振替 〇〇一四〇―〇―四四三九二

印刷 大日本印刷株式会社
製本

ISBN978-4-19-894950-1 (乱丁、落丁本はお取りかえいたします)